braumüller

CHRISTINA WALKER

KLEINE SCHULE DES FLIEGENS

ROMAN

braumüller

Sagt deine Krähe dir denn nichts vom Weg?
Die Vögel, Aristophanes

I.

Die Wimper lag am Morgen im Waschbecken, braun auf weiß. Eine offene Klammer, die ihren Anfang oder ihr Ende verloren hatte. Ich musste vermuten, dass es meine Wimper war. Kurz, gekrümmt und spitz zulaufend. Ich hatte solche Härchen schon früher gesehen. Dennoch konnte ich nicht mit Bestimmtheit sagen, ob es aus meinem Gesicht stammte. Eigentlich hatte ich meinen Kopf für völlig kahl gehalten, als ich gestern hier angekommen war. Ich schaute in den Badezimmerspiegel. Nicht jeder hat einen Charakterkopf. Ich schaute genauer hin. Nein, da war kein Haar mehr. Da war auch sonst niemand in der Wohnung, von dem das Härchen hätte sein können. Meine Wimper also. Die letzte. Darunter war das Waschbecken weiß und glatt und makellos.

„Die Wohnung ist wirklich eine Fügung", hatte Eva gesagt.

„Das ist die Verbannung nach dem Kerker", erwiderte ich.

Eva meinte: „Stell dich nicht so an, es ist zu deiner Sicherheit. Hier hast du Ruhe und kannst dich ein paar Tage erholen."

„Und du", sagte ich nun zur Wimper vor mir, „was stellen wir beide jetzt an?"

Ich tupfte sie vorsichtig auf einen Finger. Die letzte Wimper auf der höchsten, aussichtsreichsten Fingerkuppe schritt mit mir ins Arbeitszimmer und bis zu dem großen französischen Fenster, vor dem eine Pfütze Licht auf dem Parkettboden schwamm. Georgs Glasschreibtisch warf das Licht zurück. In der Mitte war ein blinder Fleck, dort lag das Notebook unbeteiligt und schwarz im hellen Morgen.

„Glastische sind kritisch", hatte unsere Mutter gesagt. „Daran können Ehen zerbrechen."

Ich würde später darüber nachdenken, wie das mit der Arbeit und den Glastischen sei. Ob es für diese Beziehung ebenfalls kritisch werden könnte, wenn man vor spiegelglattem Glas saß, auf dem die Gedanken ständig wegzurutschen oder durchzufallen drohten. Zuerst wollte ich mich um die Wimper auf meinem Finger kümmern.

Ein schwarzer Schatten schwebte am bodentiefen Fenster vorüber und brachte mich auf eine Idee, was ich mir wünschen könnte. Rasch öffnete ich einen Fensterflügel, blinzelte in den Tag und blies die Wimper in den weißen Frühjahrshimmel. Braun auf weiß, ins Leere hinein. Ein zweiter Schatten huschte krächzend über mich hinweg und nahm die Idee wieder mit. Daher wünschte ich mir vorerst nichts.

Auch die zweite Krähe ließ sich in der Platane vor dem Fenster nieder. Sie hatte einen Zweig im Schnabel. Der Vogel beäugte mich, kühl und misstrauisch. Dann zwinkerte er von der noch nackten Baumkrone hinüber zu dem Mann im dritten Stock. Ein vertrauliches Zwinkern von einem wimpernlosen Wesen zum anderen. Ich wusste nicht recht, was davon zu halten war. Die zweite Krähe reichte den Zweig an die erste Krähe weiter. Der Vogel nahm die Gabe an, verbeugte sich mehrmals und flocht den Zweig geschickt zwischen zwei Astgabeln. Aus der Leere würde bald ein stabiles Fundament werden. Der Vogel wusste, was er zu tun hatte. Ich war ein wenig neidisch.

„Herr Höch! Sie wollen doch nicht krank werden", sagte eine Stimme hinter mir.

Die Stimme war mir unbekannt, trotzdem klang sie vorwurfsvoll. Die Frau trug eine medizinische Maske vor Mund und Nase. Ihre Augen hatten fast dieselbe Farbe wie ihre Haare. Rotbraun. Ein Reh, ein Fuchs, einer dieser Jagdhunde mit Schlappohren, die beim Rennen um den Kopf schlagen, kamen mir in den Sinn.

„Entschuldigung", sagte die Frau. Die Maske vor ihrem Mund blähte sich auf.

Sie entschuldigte sich vielleicht dafür, dass sie einen Kranken zurechtwies wie ein Kind, was durchaus verbreitet ist. Oder sie entschuldigte sich einfach dafür, dass sie mich gerade mit einer Handbewegung vom Fenster verscheucht hatte.

Sie schloss das Fenster sanft, aber mit Nachdruck und sagte: „Melitta Miller. Sie werden es sich gedacht haben. Ich gebe Ihnen lieber nicht die Hand. Es geht allerlei herum. Grippe, Magen-Darm. Das brauchen Sie gewiss nicht."

Ich zog meine ausgestreckte Hand zurück. Die blaue Maske atmete. Ich hatte mir nichts gedacht. Schon gar nicht an Melitta Miller. Ich war mit Wimpern, Wünschen und der Leere beschäftigt, die es zu überbrücken galt. Heute und morgen und noch länger, weil sich so eine Hausrenovierung gern mal verzögern kann. Dass Melitta Miller wusste, was ich brauchte und was nicht, war dennoch bemerkenswert.

„Guten Morgen", sagte ich. „Sie haben einen Schlüssel?" Sie nickte.

„Und Sie haben deshalb nicht geklingelt?"

„Ich habe geklingelt."

„Natürlich", sagte ich, was sollte ich sonst sagen, und überlegte, ob es tatsächlich geklingelt hatte. Ich überlegte auch, ob Melitta Miller unter der mitatmenden Maske roten Lippenstift trug. Ein Gesicht mit einem großen hellblauen Fleck über Mund und Nase (nur zu meiner Sicherheit, genauso wie diese Wohnung) ist schwer einzuordnen. Augen, die fast dieselbe Farbe wie die Haare haben, sind ebenfalls schwer einzuordnen.

„Heute gieße ich die Gummibäume, immer am Anfang der Woche, wenn Ihr Bruder verreist ist. Er ist ja viel unterwegs", sagte Melitta Miller. „Ihre Frau meinte, zu essen hätten Sie genug. Oder fehlt etwas?"

Eva hatte einen Plan, das fand ich beruhigend. In einer Ehe kann es nur von Vorteil sein, wenn nicht jeder seine eigenen Pläne hat. Denn Pläne könnten allzu leicht auseinander- oder einander sogar zuwiderlaufen. Da bräuchte es wohl überhaupt keinen Glastisch mehr, damit das für die Ehe kritisch würde.

Melitta Miller griff hinter den Gummibaum, der in der Zimmerecke Gestalt annahm, als sie sich ihm näherte. Ich hatte die beachtliche Pflanze zuvor nicht bemerkt. Hinter dem Topf und den glänzenden grünen Blättern erschien eine Gießkanne. Sie war blau, die Emaille matt und an etlichen Stellen gesprungen. Die Kanne wirkte völlig fehl am Platz in dieser makellosen neuen Wohnung, die Georg gekauft hatte. Ich schloss die blaue Kanne spontan in mein Herz. Melitta Miller nickte uns beiden, der Kanne und mir, kurz zu. Wusste sie von dem frischen zarten Band zwischen uns und hieß es gut?

Wieder allein im Zimmer öffnete ich das bodentiefe Fenster nochmals. „Rekonvaleszenz", wisperte ich hinaus in den Baum, „das erfordert Rücksicht, Vorsicht, Ruhe."

Die Krähen stießen ein paar raue, kehlige Laute aus. Sie verbeugten sich zustimmend. Die Vögel wollten mich auf den Arm nehmen. Sie verbeugten sich mehrfach. Dann kraulte die eine Krähe der anderen die Nackenfedern, sprang ihr auf den Rücken, und sie hielten Vogelhochzeit. Der Baum wisperte etwas zurück, das ich nicht verstand. Die beiden Krähen schüttelten sich und flogen davon. Vermutlich suchten sie sich einen Baum mit weniger neugierigen Nachbarn.

Ich horchte ins Haus. Kein Ton von nebenan, keiner aus der Wohnung darunter. Es schien niemand hier zu leben außer mir. Ich holte Luft und begann leise zu summen. So eine Ruhe, so eine Stille will erst einmal ausgehalten werden, vor allem nach Wochen ohne jegliche Stille, nach Wochen voll mit fremdartigen Geräuschen. In der Küche rauschte endlich mit beruhigendem Gurgeln Wasser in die Gießkanne.

Obwohl sie einen Schlüssel zu seiner Wohnung hatte und gerade dabei war, seine Pflanzen zu gießen, konnte ich Melitta Miller und meinen Bruder nicht gemeinsam denken. Wahrscheinlich reichten Wohnungsschlüssel, Grünpflanzen und Gießkannen allein nicht aus, um Verbindungen zwischen zwei Menschen herzustellen. Noch dazu, wenn sich Tausende Kilometer zwischen ihnen ausdehnten. Ich musste online auf einer Landkarte nachsehen, wo Vermont lag, und fand dort Städte, die Manchester und Montpelier hießen. Heimweh abstreifen in der neuen Welt. Wenigstens ein vertrauter Name sollte es sein in all der Unwägbarkeit, die das Unbekannte und das Leben generell bereithalten. Der eine Name voller englischem Schornsteinqualm und rußdunklen, heimeligen Gassen, der andere voller südfranzösischem Licht und Lavendel. Was machte es schon, dass ein „l" von Montpellier unterwegs auf der Strecke geblieben war. Den Namen des Unternehmens, für das Georg zurzeit arbeitete, hatte ich vergessen.

Eva hatte die Idee mit seiner Wohnung gehabt. Denn in einer Baustelle sei mein angeschlagenes Immunsystem heillos überfordert. „Wer soll sich da erholen", hatte Eva gesagt, wenn sogar ihre eigenen, ziemlich guten Nerven blank lägen. Mit den Bodenschleifern und den Malern daheim, den abgedeckten Möbeln und immer wieder tagelang ohne Fenster, die würden zimmerweise ausgehängt, um sie neu zu lackieren.

Nein, sie konnte nichts dafür, dass die Firma ausgerechnet jetzt spontan zugesagt hatte, nach monatelangem Warten. Da wollte Eva die Renovierung unseres Hauses verständlicherweise nicht absagen.

Die Gießkanne schepperte gegen etwas Hartes. Ich war versucht, Melitta Miller gleich zu ermahnen, besser auf die Kanne achtzugeben, die Emaille zu schonen. Emaille wird spröde mit dem Alter. Und Alter hat Anrecht auf Schonung und Nachsicht. Die blaue Kanne erinnerte mich an etwas, aber ich kam nicht drauf.

„Wissen Sie, wo hier der Kaffee ist?", fragte ich.

„Ihr Bruder trinkt nur Tee", sagte Melitta Miller. „Dort, im Schrank über der Spüle."

Ich füllte mir ein Glas am Wasserhahn und trank es aus. Ich füllte es ein zweites Mal. Die Schleimhäute in Mund und Rachen leiden am meisten mit bei einer Chemotherapie. Als das zweite Glas leer getrunken war, stand Melitta Miller bereits im Wintermantel an der Wohnungstür.

„Tun Sie mir einen Gefallen?", fragte ich. „Klingeln Sie bitte, wenn Sie unten sind?"

Ich wollte wissen, ob die Klingel funktionierte und wie viel Zeit mir zur inneren und zur äußeren Vorbereitung blieb, falls jemand klingelte. Außer Melitta Miller und Eva würde niemand kommen, trotzdem konnte es nicht schaden, vorbereitet zu sein.

„Sie sehen sich ähnlich", sagte Melitta Miller, „Sie und Ihr Bruder."

Ich horchte auf ihre verklingenden Schritte im Hausgang, schaute dabei in den Garderobenspiegel und fand darin weder eine Ähnlichkeit mit Georg noch eine mit mir selbst. Weil mich Letzteres kurz irritierte, vergaß ich, die Sekunden mitzuzählen, bis es klingelte (was es nicht tat). Dann fiel unten das Haustor schwer ins Schloss, und ich rannte ans bodentiefe Fenster im Arbeitszimmer, um einen Blick auf Melitta Miller zu erhaschen. Sie trat gerade auf den breiten Gehweg und hob den Kopf. Sie hatte die Maske abgenommen. Ihre Augen suchten nicht mich, sondern die beiden Krähen in der Platane. Die Vögel waren zurückgekehrt. Sie flochten nun zu zweit an ihrem Nest hoch oben in der Baumkrone. Melitta Miller blinzelte ins grelle Sonnenlicht, das von keinem einzigen Blatt am Baum gedämpft wurde.

Märzenschisswetter, hätte unsere Mutter gesagt. Ich würde Melitta Miller warnen, wenn sie wiederkam. Wir hatten März, und die Sonne hatte schon Kraft. Winterblasse Haut war ihr schutzlos ausgeliefert. Menschen mit rotbraunen Haaren neigen ja oft zu blasser, empfindlicher Haut und zu Sommersprossen.

Auf einmal stand ich neben der Frau auf dem Gehweg. Ich roch ihr Parfum. Es roch warm und intensiv nach Holz und Harz an einem sonnigen Vorfrühlingstag, und ich schaute gemeinsam mit ihr hinauf. Ein dritter Vogel flog über die Dächer heran und ließ sich auf einem zustimmend wippenden Platanenast nieder. Die Frau runzelte die Stirn, sie trug keinen Lippenstift. Ihre Augen schweiften kurz von den Krähen zu dem Mann im Fenster. Wegen des hohen Geländers davor sah der Mann eingesperrt aus wie ein Zootier, was mir unangenehm war. Ich wandte den Blick lieber ab.

Unten auf der Straße hörte ich jemanden mehrmals hart in die Hände klatschen. Die Krähen flogen krächzend auf und davon. Das Klatschen hallte in den Ohren nach. Erst jetzt fiel mir das Klingeln wieder ein. Ich konnte mich zumindest an keines erinnern. Melitta

Miller musste es vergessen haben. Über drei Stockwerke hinweg konnte einem so eine sinnlose Bitte, beim Gehen die Klingel zu drücken, durchaus entfallen. Oder hatte ich das Klingeln einfach überhört? Klingeln, Piepen und weitere unliebsame Geräusche zu überhören, hatte ich im Krankenhaus gelernt. Für Leichtschläfer ist das dort eine ganz wesentliche Übung.

Nur gegen Schuster hatten die Übungen nichts genützt. Er war keiner, den man überhören konnte. Schuster hatte die blöde Angewohnheit, hartnäckig an die Tür des winzigen Badezimmers zu klopfen, das zwischen unseren Zimmern lag und das wir uns teilten.

„Augen besser zumachen", hatte Schusters Kopf gesagt, den er zur Badezimmertür hereingestreckt hatte, „sonst kotzen Sie gleich." Er deutete auf das Waschbecken, an dem ich stand. Das Waschbecken war beige wie das Klo und die Kacheln an den Wänden. Erst danach stellte Schuster sich vor. Mit Nachnamen.

Ich war beim Zähneputzen. Ich hatte vergessen, die Tür zum Nachbarzimmer zu verriegeln. Schuster hätte ebenso vom Gang aus an meine Zimmertür klopfen können, wenn er mit mir reden wollte. Das tat er jedoch nie. Er klopfte nach einer zu kurzen Anstandszeit an die Tür des Badezimmers, sobald er mich dort hörte, und ich gewöhnte mir an, falls es nicht allzu dringend war, die Waschräume am Ende des langen Ganges zu benutzen. Bis Schwester Edith fragte, ob es ein Problem mit meinem Bad gebe, und mich darauf hinwies, dass es für Patienten ohne intaktes Immunsystem grundsätzlich nicht ratsam sei, kollektive Waschräume zu frequentieren. Schwester Edith hatte tatsächlich „kollektiv" und „frequentieren" gesagt.

Schuster erzählte am liebsten von seiner Krankheit. Die erste wirklich ernste in seinem Leben, hatte er behauptet, aber er mache sich keine Sorgen. Am zweitliebsten erzählte er von seinem Hund, der allein daheim bei seiner Frau sei. Da habe er so seine Bedenken, meinte Schuster. Der Hund hieß Benno.

Ich dachte kurz nach, ob der Name der Frau einmal gefallen war.

Ich dachte auch daran, dass es notwendig wäre, zum Supermarkt zu gehen, um Kaffee einzukaufen. Eva und ich waren an einem vorbeigefahren, bevor wir in die Straße mit den Platanen bogen. Bestimmt würde ich den Supermarkt gleich wieder finden. Allerdings hatte ich Eva versprochen, die ersten Tage nicht unter Menschen zu gehen. Der Abwehrkräfte wegen, die ich nicht mehr hatte. Verglichen mit den gut desinfizierten Waschräumen eines Krankenhauses könnte so ein Supermarkt mitten in der Erkältungssaison ernsthaft gefährlich werden. Ich beschloss, Melitta Miller morgen zu bitten, mir Espresso zu besorgen. Kaffee zu kaufen, war eine sinnvolle Bitte.

Melitta Miller hatte schließlich den Auftrag, sich um mich zu kümmern. Ich vermutete, dass sie zudem die Aufgabe hatte, auf mich aufzupassen, während Eva auf die Handwerker aufpasste und zwischendurch nach vermittelnden Lösungen für ihre Klientinnen und Klienten suchte. Sie neuerdings Klienten statt Patienten zu nennen, fänden die meisten von ihnen stimmig, hatte Eva gemeint. Immerhin kämen sie freiwillig zu ihr, und Klienten fühlten sich mündiger als Patienten. Das sei wichtig für das Selbstbewusstsein und für die Selbsterkenntnis.

„Leb dich gut ein", hatte Eva gesagt, als wir in Georgs Wohnung angekommen waren.

„Lohnt nicht", entgegnete ich knapp.

Eva stellte meinen Koffer ab: „Was lohnt nicht?"

„Sich hier ein...zu...leben."

Ich bekam kaum Luft. Ich hatte unbedingt die Treppe nehmen wollen, nicht den Aufzug. Eva war schweigend mit dem Koffer in den Lift gestiegen. Es ist nicht vorgesehen, dass Rekonvaleszente drei Stockwerke zügig zu Fuß hochlaufen, um gleich schnell zu sein wie ein Lift. Im dritten Stock stoppte er mit einem Rasseln und entließ Eva und den Koffer völlig unversehrt.

Ich schnaufte und konnte deshalb nicht das sagen, was jetzt wirklich notwendig gewesen wäre: dass ich mich hier nicht einleben würde, weil ich es nicht wollte, weil das nicht mein Zuhause war und es nicht werden sollte. Denn in diesen Zimmern war nichts dort, wo es hingehörte, wo ich es gewohnt war. Die Fenster, die Stühle, der Schreibtisch, der Kaffee, die Gedanken, ich. Neue Umgebungen lenkten nur ab. In neuen Umgebungen konnte ich mich schlecht konzentrieren. Das müsste Eva mittlerweile wissen.

Ich hätte ihr außerdem sagen können, dass man zu so einer Hausrenovierung naturgemäß ein eher distanziertes Verhältnis hat, wenn man nicht weiß, ob man selbst noch aus den frisch lackierten Fenstern schauen wird.

Mein Mobiltelefon summte. Lilly hatte ein neues Bild geschickt: vom Triumphbogen. Ihre Hand machte ein Victory-Zeichen vor dem monumentalen Bau. Zumindest nahm ich an, dass es Lillys Hand war. Müsste man die Hand der eigenen Tochter auf einem Foto eigentlich wiedererkennen? Wahrscheinlich nicht. Die meisten würden die eigene Hand nicht erkennen, erst recht nicht auf einem Foto, so losgelöst vom Rest des Körpers, der schon als Ganzes schwierig zu erfassen war. Lilly hatte nichts dazugeschrieben. Das tat sie nie, sie vertraute auf die Botschaft des Bildes.

Ich schaute vom Triumph und Pomp Napoleons und der Siegeszuversicht meiner Tochter, die sie mir vermitteln wollte, durch Georgs Glasschreibtisch und betrachtete ein Paar knochige Knie in Hosen und zwei Füße in Socken (ebenfalls zu einem V geformt). Die Füße waren kalt. Ich hatte seit gestern keine Hausschuhe mehr.

Schuster hatte mir den Mülleimer aus dem beigen Badezimmer im Krankenhaus hingehalten: „Da, werfen Sie weg, sonst kommen Sie retour. Man kann nie abergläubisch genug sein."

Ich warf weg, und Schuster schloss den Deckel drüber. Die Schuhe gingen gerade so in den Eimer, er schloss nachher nicht mehr richtig. Ich hatte nicht nachgefragt, worauf sich Schusters Aberglaube bezog. Es gab genügend hygienische und auch gewisse emotionale Gründe, keine Dinge aus einem Krankenhaus mitzunehmen. Wir waren beim „Sie" geblieben, Schuster und ich, vier Wochen lang. Das „Sie" sicherte einen Rest Distanz trotz des durchlässigen Badezimmers, das wir uns teilen mussten und zu dem mir Schwester Edith kaum eine Alternative ließ.

Durch die gläserne Tischplatte sahen die Füße aus wie eingefroren in unwahrscheinlich durchsichtigem Eis. Ich versuchte, die Zehen in den Socken zu bewegen. Das Notebook machte leise Blasgeräusche, während es startete. Draußen im Baum bauten die Krähen an ihrem Nest. Der dritte Vogel schaute interessiert zu. Ich hatte nicht bemerkt, wann sie zurückgekommen waren.

Ich tippte:

Kulturfolger

Tiere und Pflanzen, die in Kulturlandschaften bzw. in der Nähe menschlicher Siedlungen vorteilhaftere Bedingungen für sich finden als in ihren ursprünglichen Lebensräumen. Mögliche Folgen: Konflikte mit angestammten Arten.

Ich tippte:

Kulturflüchter

Tier- und Pflanzenarten, die sich bei zu starker anthropogener Ausdehnung zurückziehen bzw. vollkommen aus ihren

angestammten Lebensräumen verdrängt werden. Meiden
menschliche Nähe. Mögliche Folgen: Aussterben der Art.

Im Gegensatz zu den Krähen war ich ein Kulturflüchter. Heimatlos. Im Zwischenlager. Ich musste Kontakte möglichst meiden. Andernfalls könnte ich aussterben.

„Ich habe jetzt wirklich Heimweh", sagte ich abends am Telefon zu Eva.

„Ich weiß", sagte sie. „Versuch langsam wieder anzukommen, bei dir anzukommen. Eine schwere Krankheit entfremdet einen von sich selbst." Das sei ein Ausnahmezustand, in meiner Situation normal, das gehe vorüber.

Im Bett hatte ich erneut das harte, fast metallische Klatschen im Ohr. Ich war zu müde, um aufzustehen und zu überprüfen, ob unten auf dem Gehweg wer stand und unverschämt laut in die Hände klatschte oder ob das Klatschen nur als Erinnerung im Kopf nachhallte wie ein Echo, das nicht verklingen kann.

II.

Ein paar vergessene Äste trieben im Nebel vor dem Fenster. Der Rest der Aussicht verlor sich im Dunst. Vor mir leuchtete tröstlich das Signallicht des Wasserkochers. Eine Nebelleuchte, die mir den Weg wies. Das Gerät piepte und schaltete sich aus. Ich machte den Kocher nochmals an, weil ich das Leuchten so schön fand. Das Gerät piepte sofort und schaltete sich aus. Das rote Lämpchen glomm kurz nach. Ich öffnete das Küchenfenster, damit sich der heiße Wasserdampf von drinnen zum kalten Wasserdampf draußen gesellen konnte.

„Und dafür habt ihr mich geweckt?", sagte ich zu den Krähen, die wie erwartet zu den Vorwürfen schwiegen.

Ich nahm mir vor, ihr durchdringendes Krah-krah ignorieren zu lernen wie die Geräusche im Krankenhaus. Ich fand, ich hatte Anrecht auf etwas mehr Schlaf in der Früh.

„Sie müssen sich die Geräusche gut merken, die Sie stören, die Sie nicht schlafen lassen", hatte ich zu Schuster gesagt. „Piepen, Rasseln, nächtliche Schritte am Gang, egal was. Sie müssen das Geräusch einfach vervielfältigen in Ihrem auditiven Gedächtnis und so zu einem monotonen Geräusch machen. Immer das Gleiche, eine ganze Zeit lang hintereinander. Das stört dann nicht mehr. Wie ein Echo, das schwächer und schwächer wird. Sie werden es hören."

Schuster zog den Morgenmantel über seiner Brust zusammen und sagte: „Ihre Ohren haben ein Gedächtnis? Ich frage Schwester Edith lieber nach ein paar Schlaftabletten."

Die Teetasse brannte in meiner Hand. Es war ein beruhigendes Gefühl, noch so starke Empfindungen zu haben. Deshalb nahm ich die Tasse mit auf den Weg. Eigentlich hatte ich nicht vorgehabt, mich näher mit Georgs Wohnung zu befassen. Weil ich nichts anderes zu tun hatte, stöberte ich nun durch die Räume. Ich inspizierte die Garderobenkonstruktion im Gang, die organisch aus dem Verputz wuchs. Man sah keinerlei Befestigung. Ich setzte mir probehalber die wollene Schiebermütze auf, die einsam auf der Garderobenablage zurückgeblieben war. Die Mütze war mir zu groß. Die platzsparende Schiebetür zur Küche konnte vollständig in der Mauer verschwinden. Das Badezimmer hatte hingegen eine stabile Tür mit Milchglaseinsatz, und niemand klopfte daran, wenn man auf dem Klo saß und gerade nur Verdauung war.

Die sei keineswegs selbstverständlich im Krankenhaus, hatte Schwester Edith gemeint, als ich vor den

Waschräumen am Ende des Ganges geklagt hatte. „Das liegt am Bewegungsmangel, an den Medikamenten und", setzte sie flüsternd hinzu, „an der Küche hier." Da müsse ein Darm nicht mal sensibel sein, um darauf mit Panik oder Phlegma zu reagieren. Der eine so, der andere so.

Schwester Edith hatte tatsächlich „Phlegma" gesagt. Wenn ich an das Wort dachte, fielen mir sofort die beiden Gummibäume ein. Gummibäume strahlen Ruhe aus, außerdem ein wenig Gleichgültigkeit und Ignoranz (was mitunter als überheblich empfunden werden kann). Sonst hätte ich die Pflanzen bestimmt früher wahrgenommen. Den großen Gummibaum im Arbeitszimmer, hinter dem sich die blau emaillierte Gießkanne versteckte, und den etwas kleineren Gummibaum im Schlafzimmer. Ihm war ich in der ersten Nacht begegnet, als ich den Lichtschalter gesucht und stattdessen eines der Blätter zu fassen bekommen hatte. Jetzt lag das abgebrochene Gummibaumblatt tiefgrün und vorwurfsvoll vor mir auf dem Boden. Ich setzte mich auf die Bettkante und probierte den Tee. Malve. Er schmeckte nach nichts. Ich hob das abgebrochene Gummibaumblatt vom Boden auf und schob es unter die Überdecke auf der unbenutzten Seite des Bettes. Melitta Miller hatte nur eine Seite des breiten Bettes aufgedeckt und bezogen. Es war nicht vorgesehen, zu zweit darin zu schlafen, zumindest für mich nicht.

Draußen verzog sich der Nebel. Vor dem bodentiefen Fenster im Arbeitszimmer schwamm schon schüchtern ein bisschen Licht. Der Schatten des Geländers lag darüber wie ein filigraner Steg. Auf dem Schreibtisch trieb das Notebook dahin. Ich ging über den Steg und klappte es auf. Ich horchte hinaus, aber das Krächzen der Krähen war verklungen.

Ich tippte:

Echo

Lenkt Hera mit endlosen Erzählungen ab, um die Seitensprünge von Zeus zu vertuschen. Folge des Vertrauensbruchs: Echo wird der Sprache beraubt, kann nur noch die letzten an sie gerichteten Worte wiederholen und sich so nicht mehr verständlich machen.

Ich tippte:

Depersonalisation

Weiter kam ich nicht, weil ich mich auf einmal beobachtet fühlte. Ich klappte das Notebook zu.

„Frau Miller?", fragte ich aus dem Zimmer in Richtung Gang und Küche.

Immerhin hatte sie einen Schlüssel, und die Türklingel hatte vielleicht einen Wackelkontakt oder war kaputt. Das Notebook seufzte und ging aus. Auf dem Dachgiebel gegenüber erkannte ich ein paar Krähen im Grau des Morgens. Sie waren also gar nie verschwunden, sie lauerten still in meiner Nähe und starrten herüber. Vermutlich starrten sie wie ich auf den Ballon ganz oben in der Krone der Platane. Groß und gelb zuckte er im Morgenwind, der durch die Äste wischte und den Nebel vertrieb. Vom Ballon schauten eckige Augen in die Runde. Sie glotzten zu den Krähen auf dem Giebel und ins bodentiefe Fenster, hinter dem in aller Herrgottsfrüh ein Mann mit einem Teebecher in der Hand stand. Das rautenförmige rot-schwarze Muster auf dem Ballon erinnerte den Mann an Raubvogelaugen und an das Indianerkostüm, das er als Kind mal im Fasching getragen hatte. Der Ballon musste sich nachts im Baum verfangen haben.

„Heute wird das Wetter doch noch schön", sagte Melitta Miller hinter mir.

Sie konnte also nicht nur Gummibäume und Gießkannen aus der Zimmerecke wachsen lassen, sondern auch sich selbst.

Schon wieder völlig unvorbereitet bemerkte ich über-flüssigerweise: „Da hat sich ein Ballon verfangen."

Melitta Miller streifte ihre Lederhandschuhe ab und sagte: „Ich habe gestern Abend nichts Besseres mehr bekommen. Nur diesen Vogelschreckballon."

Ich stellte mir vor, wie die gut gekleidete Frau mit den behandschuhten Händen nach dem ersten Platanenast griff, um im Dunkeln auf den mächtigen Baum zu klet-tern, drei Stockwerke hoch. Unten stand einer, den Rücken an den feuchten, glitschigen Baumstamm gepresst, ein Mann mit einer Schiebermütze auf dem Kopf gegen die Kälte und die Feuchtigkeit. Er faltete seine Finger fest ineinander, um die Räuberleiter zu machen, damit die Frau überhaupt bis zum ersten Ast kam, von dem aus sie sich weiter hinaufstemmen konnte. Die Rinde war glatt und schmierig, trotz Handschuhen. Hochstämmige Platanen sind an und für sich keine guten Kletterbäume. Nicht einmal bei trockenem Wetter.

„Wenn sie sich erst angesiedelt haben, wird man Saatkrähen nicht mehr los", sagte Melitta Miller.

Ihre hellen Hosen wiesen keinerlei Flecken oder moosigen Abrieb vom Baum auf.

„Das verstehe ich nicht", murmelte ich.

„Sie sind sehr standorttreu. Und es bleibt nicht bei einem Paar", sagte Melitta Miller. „Saatkrähen sind Koloniebrüter." Sie folgte meinem Blick auf ihre Hosen. „Mein Nachbar ist im Alpenverein, Sportkletterer. Er war so nett, den Ballon für uns aufzuhängen. Sonst hätte ich es selbst gemacht."

Sie hatte „uns" gesagt, ich hatte es genau gehört.

Vier Krähen hatten sich gleichmäßig über die Dächer verteilt, um den Ballon im Baum besser beobachten zu können. Ein Vogel rupfte mit dem Schnabel an der Blechkante zwischen seinen Krallen. Nein, das würde kein Fundament für ein Heim, um eine Familie zu gründen und die Leere damit zu füllen. So ist das im Leben. Es kommt oft anders. Und falls es so kommt, wie gedacht, hat man sich mitunter getäuscht über das, was man dachte oder wollte.

Ich dachte im Moment daran, dass die Frau mit den rotbraunen Haaren in derselben Straße wohnen musste, sonst wären ihr die paar Vögel gewiss egal, die hier eine neue Heimat suchten. Womöglich hatten die Krähen in der Früh ja so laut gerufen, um sich und mich vor dem Sportkletterer in der Platane zu warnen. Oder um den Kletterer zu verscheuchen, der den steifen Draht, an dem der Ballon befestigt war, zwischen die Zähne geklemmt hatte wie die Seeräuber das Messer, wenn sie ein Schiff kapern.

Außerdem dachte ich daran, dass man das Leben einfacher gestalten könnte. Zum Beispiel würde ich versuchen, nicht zu viel in die rotbraunen Augen zu schauen, die ich meinem Bruder genau so wenig zutraute wie die beiden prächtigen Gummibäume. Pflanzen sind doch im Prinzip und bei allem Phlegma unberechenbar. Wie die Menschen. Wie die Tiere. Hunde vielleicht ausgenommen. Aber das macht Hunde so langweilig.

In der Platane zuckte der Ballon in jenem Wind, der den Nebel vertrieb, nachdem der Ballon seinerseits die Krähen verscheucht hatte. Nun sah es aus, als wolle der Ballon selbst möglichst schnell weg, den weißgrauen Schwaden hinterher und mit der ganzen Vertreibung nichts mehr zu tun haben. Man konnte sich genauso leicht täuschen über den Wind, über Ballons, über Brüder sowie über Nachbarinnen, die Gummibäume gossen und die Post herausnahmen, wenn man verreist war.

Die Kommunikation sei oft das Problem, hatte Eva gesagt, selbst die wortlose. Sämtliche Kommunikationsformen seien anfällig für Missverständnisse. Deshalb gingen Eva die Klienten nie aus. Unter den Krähen gab es anscheinend keine Missverständnisse. Sie waren sich einig darüber, dass der Ballon mit den Raubvogelaugen unheimlich war. Sie hielten vorerst eine sichere Distanz ein und warteten ab.

Irgendwo in der Wohnung machte sich Melitta Miller zu schaffen, sie beseitigte vermutlich das bisschen Staub, das ich aufgewirbelt hatte, die Flecken vom Wasser, das ich sorglos im Bad und in der Küche verspritzt hatte. Was sie tat, tat sie erstaunlich leise. Ich hörte überhaupt nichts. Ich klappte das Notebook auf und schaute hinaus in die kahlen Äste des Baumes, der ebenfalls befremdet schien über das gelbe Ding in seiner Krone, das nie im Takt mit den Ästen schwankte, sondern deren Bewegungen abrupt und zuckend nachäffte.

Ich tippte:

Platane (Platanus x acerifolia)

Gehört zur Gattung der Platanengewächse. In Mitteleuropa seit einigen Jahrhunderten verbreitet: ahornblättrige Platane, Kreuzung aus Platanus occidentalis und Platanus orientalis. Idealer Stadtbaum, verbessert das Mikroklima, platzgreifend bei ausbleibendem Beschnitt. Stabiler Tiefwurzler, trägt kugelförmige, stachelige Früchte.

Unter den zurechtgestutzten Platanen der Champs-Élysées hatte Eva mir zugeflüstert, dass sie schwanger sei.

Der Schatten der Bäume schnitt quer durch den Boulevard. Eva erstrahlte im Licht, ich verschwand im Schatten. Es gab keinerlei Missverständnisse zwischen uns.

Ich erhob mich, um nachzusehen, ob auch unter den Bäumen vor dem Haus gerade eine Frau ihrem Mann etwas zuflüsterte. Oder umgekehrt. Etwas von einem Kind. Oder etwas von Liebe.

Unten auf dem Gehweg stand eine kleine Gruppe. Eine Frau mit rotbraunen Haaren und eine mit kurzen blonden, ein Mann mit sportlich kariertem Lodenhut auf dem Kopf und einer mit wilder grauer Mähne. Auf einmal stand ich neben ihnen. Ich roch Melitta Millers Parfum, es roch heute der Witterung entsprechend nach Nebel und nach nassem, altem Laub vom Vorjahr. Ich fragte mich, ob einer der Männer der Sportkletterer vom Alpenverein war. Unsportlich sahen sie beide nicht aus.

Der Mann mit der grauen Mähne zeigte auf die nächsten Autodächer und Kühlerhauben, die weiß gesprenkelt von Krähenkot waren, und meinte: „Der Dreck stört mich mehr als der Lärm."

Der Mann mit dem Lodenhut nickte dazu.

„Das ist eine der schönsten Straßen der Stadt", sagte die Frau mit den kurzen blonden Haaren, „eine Krähenkolonie hat hier einfach keinen Platz."

Die Frau mit den rotbraunen Haaren zeigte siegessicher in die Wipfel der Platane, wo ein gelber Ballon im Wind zuckte und vergebens versuchte wegzukommen. Seine eckigen Raubvogelaugen glotzten den Mann hinter dem vergitterten Fenster so böse an, dass sich der Mann vom Fenster zurückzog.

Ich gab *Rabenvögel Saatkrähe* in das Suchfeld des Browsers ein und fing an, die Suchergebnisse der Reihe nach durchzulesen.

„Eines nach dem anderen, ich mache sie immer alle der Reihe nach", hatte Schuster gesagt und mir einen frischen Rätselmix angeboten. Seine Frau brachte die Rätselhefte stapelweise. Schuster nannte die Hefte „frisch", nicht „neu". Ich lehnte das Angebot dankend ab mit dem Hinweis, dass ich für Zahlen-, Silben- oder Kreuzworträtsel jetzt keine Zeit hätte. Schuster nahm einen Schluck Wasser vom Hahn im Bad. Er behauptete, das Wasser aus dem Hahn schmecke besser als das aus dem Glas, selbst wenn es aus demselben Hahn gezapft sei.

„Für mich ist das ja Luxus, so krank zu sein. Wann habe ich sonst Zeit zum Rätseln? Ich bin ständig unterwegs", sagte Schuster. An Abflüssen und Heizungen sei eben dauernd was nicht in Ordnung. Was ich denn so machen würde, beruflich, fragte er gleich darauf.

Ich bekannte ehrlich: „Schreiben."

Ich sagte es mit Bedauern, weil ich ihm und mir gerne etwas Handfesteres und Handwerkliches angeboten hätte. Bäcker zum Beispiel, ich mochte Brot. Oder Baumdoktor, ich mochte Bäume, vor allem die großen Laubbäume wie

Ahorn, Platanen, Eschen, Erlen. Ofenbauer hätte mich ebenfalls interessiert. Eva hatte sich einen neuen Ofen planen lassen, da die Renovierung des Hauses ohnehin schon so teuer war. Da falle ein Ofen gar nicht mehr auf in der Gesamtrechnung, hatte sie gesagt. Ich stellte es mir jedenfalls schön vor, Öfen und Heizungen zu bauen oder zu reparieren, an denen sich die Menschen dann freuen und wärmen konnten.

„Schreiben", meinte Schuster, „toll." Als Schüler habe er kurz Journalist werden wollen. Danach lange Zeit Tierarzt, weil er Hunde so mochte. Aber keines seiner drei Geschwister habe Vaters Betrieb übernehmen wollen. Schuster zog sein Mobiltelefon aus dem Morgenmantel. „Schauen Sie mal …" Das Foto war etwas dunkel, es zeigte eine zierliche Frau (am Boden kniend) und einen Hund (daneben sitzend). „Das ist Benno", sagte Schuster stolz und vergrößerte das Foto, sodass wir nur noch den Hund sahen. Der Hund war groß und gelb. „Dem scheint es gut zu gehen", sagte Schuster.

Hinter dem Satz schwebte eindeutig ein Fragezeichen. „Das sieht man", stimmte ich deshalb zu, „dem geht es richtig gut."

Ich war mir sicher, Schuster wäre ein großartiger Tierarzt geworden. Ich war mir auch sicher, dass ich ein guter Bäcker oder Baumdoktor oder Ofenbauer hätte werden können, wenn ich nur für irgendetwas davon Talent gehabt hätte.

Auf dem Notebook las ich weiter über Nacktgesichtigkeit (rund um Schnabel und Kehle, ein besonderes Kennzeichen der Saatkrähen), Sozialverbände, Brutkolonien und Dauerehigkeit, bei der das Finden, also die Wahl des passenden Partners, die Herausforderung war und nicht das Zusammenleben. Angeblich ließen sich die Vögel teils jahrelang Zeit, den Richtigen oder die Richtige fürs Leben zu finden. Ich schickte die Internetseite an Eva weiter. Diese Information könnte mitunter wichtig sein für einige ihrer Klienten und deren mit jeder Partnerwahl wiederkehrende Missverständnisse.

„Herr Höch?" Melitta Miller hielt sich am Türrahmen fest und ließ sich ins Zimmer hängen. „Ihr Essen steht in der Mikrowelle."

Es sah aus, als stünde die Frau aufrecht, um den schiefen Türrahmen zu stützen, damit der nicht umfiel. Die Lippen waren hellrot geschminkt. Auf ihrer Nase waren ein paar blasse Sommersprossen zu sehen. Ich erkannte sie trotz des Sicherheitsabstands, den Melitta Miller einhielt.

„Ach", sagte ich, „danke", und vermisste die blaue Maske, die ein- und ausatmete wie etwas Lebendiges. Blaue Masken waren völlig unverfänglich, selbst wenn sie atmeten. Für hellrote Lippen galt das schon weniger und für Sommersprossen gar nicht mehr.

„Was machen Sie eigentlich beruflich?", fragte ich. „Ich meine, weil Sie so viel Zeit für mich investieren. Wofür ich übrigens –"

„Ich habe meine Firma verkauft", unterbrach mich Melitta Miller, „über Ihren Bruder. So haben wir uns kennengelernt."

„Und ich habe meine Frau kennengelernt, als ich ihr mein Buch verkaufte. Bei einer Lesung."

Melitta Miller schwieg angesichts dieser leicht schiefen Parallelität von Büchern und Firmen. Sie ließ den Türrahmen los, der sich sofort gerade richtete, und wickelte ihren Schal um den Hals. „Ihre Frau wird es heute nicht mehr schaffen, hat sie mir geschrieben. Sie hat Sie nicht erreicht", sagte der rote Mund über dem Schal.

„Kann nicht sein", erwiderte ich leichthin wie stets, wenn ich verlegen war, etwa, weil ich Dinge gesehen hatte, von denen ich annehmen musste, dass sie nicht für mich bestimmt waren.

„Wir dürfen ihnen keine Ruhe gönnen, keinerlei Ruhe", sagte Melitta Miller zum Abschied. Ich solle ruhig hin und wieder das Fenster öffnen und laut in die Hände klatschen. Das verstärke die Wirkung des Vogelschreckballons.

Wäre ich wortgewandt, witzig oder sogar geistreich, hätte ich fragen können, ob sie „ihnen" oder „Ihnen" meinte, also die Krähen oder mich, denen oder dem man keine Ruhe gönnen sollte. Während ich darüber nachdachte, was ich alles hätte sagen können, fiel unten das Haustor schwer ins Schloss. Ich schaute auf mein Mobiltelefon. Drei verpasste Anrufe. Manchmal tun elektronische Geräte gar nichts, weder leuchten noch piepen oder klingeln. Ich versuchte, Eva zurückzurufen. Sie ging nicht ans Telefon. Entweder hatte sie Klientengermine oder sie hörte es nicht, weil Handwerker Böden schliffen, Öfen bauten oder aus dem Baustellenradio der regionale Popsender schallte, 8oer-Jahre. Every Breath You Take. Neben dem Radio auf der staubigen Fensterbank stand lauwarmer Milchkaffee in verkleckerten Keramikbechern. Ich roch den Kaffee bis hierher.

Leider hatte ich vergessen, Melitta Miller darum zu bitten, für mich einkaufen zu gehen. Sie hatte heute nicht gefragt, ob ich etwas brauchen würde. Ich war kurz eifersüchtig auf die Krähen, die ihre Aufmerksamkeit von mir abzogen.

Eine mutige Krähe setzte sich nun auf das Schutzgitter vor dem Fenster. Der Vogel ignorierte mich, winkelte die Flügel an und streckte den Kopf angriffslustig vor. Er hatte ein nacktes Gesicht mit faltiger Kehle, die sich jedes Mal aufblähte, wenn er den gelben Ballon durchdringend anschrie.

Vor dem Garderobenspiegel setzte ich Georgs Schiebermütze auf. Ich sah immer noch nicht wie mein Bruder aus. Und auch nicht wie ich selbst. Eva hatte keine Kopfbedeckung für mich in den kleinen Koffer gepackt. Es war nicht vorgesehen, dass ich nach draußen ging. Doch sich so haarlos der Märzsonne und dem kühlen Wind auszusetzen, würde unliebsame Folgen haben. Schnupfen, Ohrenschmerzen, Sommersprossen oder gar Leberflecke auf der blanken Kopfhaut, die die Sonne überhaupt nicht gewohnt war. Und die Märzsonne hatte schon Kraft. Ich hatte zudem vergessen, Melitta Miller vor ihren trügerisch milden Strahlen zu warnen.

Beim Hinuntergehen versuchte ich, mir den Weg zum Supermarkt ins Gedächtnis zu rufen. Es konnte nicht weit sein. Ich folgte der Straße mit den Platanen und bog an der übernächsten Querstraße ab. Aber dort, wo ich das Geschäft vermutete, zwei Häuserblocks weiter, war ein Bestatter. Dort, wo ich den Supermarkt als Zweites vermutete, drei Häuserblocks weiter, war eine Bäckerei. Kein Handwerksbetrieb, wo der Sauerteig liebevoll gefüttert über mehrere Tage gehen darf und die Semmel noch von Hand geformt wird, sondern lediglich die Filiale einer Billigkette. Ich bestellte einen doppelten Espresso. Ich war erschöpft. Monatelang war ich nicht so weit gegangen. Der heiße Pappbecher brannte einen Moment lang in der Hand. Es war tröstlich, noch so starke Empfindungen zu haben. Dann spürte ich nichts mehr.

Auf dem Nachhauseweg grübelte ich über Melitta Millers Beziehung zu meinem Bruder nach, kam jedoch nicht weit damit. Ähnlich erging es mir mit meiner Beziehung zu Georg. Hatten wir im Grunde keine? Oder war diese Verbindung so selbstverständlich, dass sie mir deshalb kaum auffiel? Ebenso wie die äußerliche Ähnlichkeit zwischen meinem Bruder und mir, von der ich beim besten Willen nichts sehen konnte.

Unter der ersten Platane in der Straße blieb ich stehen, atmete erleichtert auf und nahm endlich einen Schluck aus dem Loch im Deckel. Der Espresso war lauwarm und schmeckte nach Plastik. Weiter hinten schnappte ein Hund auf dem Gehweg nach einem gelben Fetzen mit rot-schwarzem Muster. Der Mann an der Leine bückte sich, riss dem widerwilligen Hund den Fetzen aus dem Maul und warf das Stück in den Rinnstein. Der Fetzen erinnerte mich an das Indianerkostüm, das ich als Kind mal im Fasching getragen hatte. Ich näherte mich langsam, ließ Mann und Hund an mir vorübergehen. Wir nickten uns zu, nachbarschaftlich fast.

Aus dem Wipfel der größten Platane starrten wimpernlose Krähenaugen herunter. Sie folgten mir argwöhnisch bis vor das Haustor, wo ich auf den Pfeil am Boden trat, den Schuh direkt auf die leuchtend bunte Befiederung am Schaftende des Pfeils setzend. Ich schaute mich um. Der Mann und der Hund waren in eine Seitenstraße abgebogen. Niemand sonst war unterwegs. Ich bückte mich und steckte den Pfeil unter den Mantel. An der Pfeilspitze hing ein Stückchen vom zerstörten Vogelschreckballon.

III.

Der Revolver lag am Morgen auf dem Küchentisch. Ein wichtiger Hinweis wahrscheinlich, ich wusste nur nicht, worauf. Ich umrundete die Waffe und den Tisch in gebührendem Abstand. Schüsse können sich einfach lösen, bei Erschütterung, wenn eine Waffe nicht richtig gesichert ist. So etwas passiert, und dann liest man von Verletzten, manchmal auch Toten und von Diskussionen um Schusswaffen im Haushalt sowieso.

Ich musste vermuten, dass Melitta Miller die Waffe hier abgelegt hatte. Denn ich selbst wusste von nichts dergleichen. Mein Handy vibrierte in der Hosentasche. Ich hatte es nicht geschafft, den Klingelton wieder richtig einzustellen. Um keinen von Evas Anrufen mehr zu verpassen, trug ich das Gerät ständig mit mir herum.

„Heute Dielenboden, Schleifgeräte an, höre kein Telefon. Bei Bedarf WhatsApp. Küsse", schrieb Eva.

Sie hatte ein schlechtes Gewissen. Sie schickte Küsse, im Plural, weil sie gestern keine Zeit gehabt hatte herzukommen, um mir die viele Zeit zu vertreiben. Luxus, würde Schuster dazu sagen. Aber was ist schon gerecht verteilt auf der Welt. So ein Überfluss kann schnell belastend werden, wenn man nichts damit anzufangen weiß. Oder zumindest nichts Sinnvolles. Ob Rätselhefte dazugehörten, wollte ich momentan nicht bewerten. Ich unterdrückte ein Gähnen. Es schien mir nicht angebracht im Angesicht der Waffe auf dem Tisch.

Der Revolver glänzte bläulich in der Sonne wie das Gefieder der Krähen, die sich, mich und den Tag begrüßten, noch bevor es hell wurde. Sie nahmen keine Rücksicht auf Rekonvaleszente, auf Davongekommene, die sich morgens in fremden Betten wälzten. Dort hörte ich den Vögeln eine Weile zu, speicherte das Krächzen, wiederholte es endlos bis zur stumpfen Oszillation. Da verklang jedoch nichts, wie es sich für ein Echo gehörte. Nein, die Krähen ließen sich bislang nicht überhören. So wenig wie Schuster und sein hartnäckiges Klopfen an der Badezimmertür. Ich würde Eva mitteilen, dass mit diesen Nachbarn an Ruhe nicht zu denken sei. Da wäre das Rattern des Bodenschleifgeräts beruhigender. Monotoner Lärm kann sogar einschläfernd wirken. Es wäre also besser, ich käme gleich nach Hause, würde ich mit Überzeugung hinzufügen.

„Hallo? Frau Miller?", rief ich in den Gang hinaus.

Niemand antwortete. Außer den Krähen. Es waren jetzt fünf, die den Baum nach dem Zwischenspiel mit dem Ballon für sich reklamierten. Die Vögel flogen unermüdlich Zweige für den Nestbau herbei (ein weiteres Nest war in Arbeit) und schüttelten sich zwischendurch das Gefieder zur Entspannung von der ganzen Mühsal. Das würde Melitta Miller nicht freuen. Und in der Küche, mitten auf dem Tisch, lag der Revolver.

Genau so einen hatte ich mir als Kind gewünscht.

„Indianer haben Pfeil und Bogen, keine Revolver", hatte mein Bruder gesagt.

Ich war ein Apache. Ich trug ein Kunstlederwams mit rautenförmigem Muster, das an Raubvogelaugen erinnerte. Georg war Old Surehand. Den Stutzen hielt er angeberisch im Anschlag. Als der Indianer aufhörte zu essen, weil er sich ärgerte über die ungleiche Verteilung der Waffen, runzelte unsere Mutter die Stirn. Als er freiwillig ins Bett ging, weil er diesen Fasching saublöd fand, holte Großmutter das Fieberthermometer aus dem Bad. Derart brennende Wünsche können dünne Quecksilbersäulen in die Höhe treiben, stellte der kleine Indianer überrascht fest. Zum Beispiel der Wunsch nach jener Pistole, die im Kaufhaus in der Stadt auf dem großen Tisch lag. Schwarz und stolz in all dem bunten Faschingsfirlefanz, der bereits im Ausverkauf war. Clownsnasen, Konfettitüten, Schminke, ein Indianerkopfschmuck, ein Hexenhut. Und dazwischen die Waffe. Der Wunsch war raus, das Fieber sank. Doch die Pistole war weg, als Großmutter und ich vor dem Tisch im Kaufhaus standen. Es sei die letzte gewesen, hatte die Verkäuferin gesagt, es tue ihr furchtbar leid.

Und nun lag der Revolver einfach so vor mir. Ich nahm die Waffe und wog sie in der Hand. Sie war schwer und kalt. Aus irgendeinem Grund raubte sie mir den Atem, wie damals die stinkende Papiermunition aus Georgs Kindergewehr.

Im Arbeitszimmer streckte ich die Füße unter den Schreibtisch. Ich betrachtete die Zehen in Socken unter der Glasplatte. Sie sagten mir nichts. Sie sahen durch die Glasplatte aus wie in Eis gegossen. Ich wunderte mich, dass sich die Zehen in dem Eis überhaupt bewegen konnten. Das Notebook surrte leise beim Hochfahren. Draußen im Baum bauten die Vogelpaare an ihren Nestern, Zweig um Zweig flochten sie sorgfältig in die Leere zwischen den Ästen.

Ich schickte Eva eine Nachricht zurück: „Guten Morgen, ja, habe Bedarf an Infos: Hast du eine Tel.nr. von MM? Wo bleibt sie?"

„Wer ist MM??", schrieb Eva zurück. „Alles in Ordnung?"

„Hier liegt eine Schusswaffe", antwortete ich der Wahrheit entsprechend. Erst nachdem ich die Nachricht losgeschickt hatte, erkannte ich ihre Dimension. Und ihr Potenzial. Es war klar, wie Eva reagieren würde, falls das einer ihrer Klienten schriebe.

Sie schickte keine Antwort mehr. Genau, wie ich es erwartet hatte. Wahrscheinlich eilte sie schon aus dem Haus, etwas kopflos, ein Drücken im Bauch wie von schlechten Nachrichten oder Vorahnungen und sich gleichzeitig zur Vernunft rufend. Dann musste sie nochmals umkehren, weil sie in der Hektik den Autoschlüssel vergessen hatte. Sie rannte nun, sie ließ den Wagen an und fuhr los. Es dauerte ungefähr eine Dreiviertelstunde durch die Stadt. Bei viel Verkehr länger. Es war immer viel Verkehr.

Um mir die Zeit zu vertreiben, bis Eva kam, zog ich ein Buch aus Georgs Regal. Es war ein Lexikon der Wirtschaftsbegriffe. Ich schlug es bei „B" auf und las, dass „Bedarf" das Ergebnis objektivierbarer Bedürfnisse war, die messbar und in Zahlen ausdrückbar seien. Bedarf konnte auch eine objektorientierte Handlungsabsicht sein, die einem bestimmten Bedürfnis folge. Es stand nicht dabei, ob dies in Zahlen ausdrückbar wäre.

Mein Magen knurrte. Ich tippte:

Bedarf an Ruhe

Bedarf an Waffen

Bedarf an Wissen

Bedarf an Kalorien

In der Küche vor dem Toaster überlegte ich, ob Bedarf und Luxus Gegensätze waren, eine spezielle Form der Steigerung oder eines dieser außergewöhnlichen Paare, die sich schwertaten, einander zu finden, und die aber, sobald sie sich einmal gefunden hatten, ein Leben lang zusammenhielten wie Pech und Schwefel oder ein Saat-krähenpärchen.

Die Mündung des Revolvers erzeugte ein Prickeln im Rücken (dort, wo ich vermutete, dass sie hinzeigte). Der Toast sprang hoch. Und plötzlich wusste ich, dass das alles nur ein Test sein sollte. Eine Prüfung. Diese Wohnung, die Krähen, der Revolver, Melitta Miller mit ihren rotbraunen Augen, die fast dieselbe Farbe wie die Haare und die Sommersprossen auf ihrer Nase hatten. Ich mochte Sommersprossen. Ich mochte keine Prüfungen. Schon gar keine, um irgendwo anzukommen, wo ich nie hinwollte. In eine fremde Wohnung zum Beispiel oder zu mir selbst. Ich hatte den Eindruck, dass ich im Moment schwer auszuhalten war.

Wäre ich abergläubisch, würde ich die schwarzen Vögel vor den Fenstern für Boten halten. Boten schlech-ter Nachrichten. Wäre ich ängstlich, könnte ich sie gar für Galgenvögel halten. Sie beobachteten mich und warteten. Sie konnten geduldig warten, daran hatte ich keinerlei Zweifel. Krähen wissen oft vor allen anderen, sogar vor den Betroffenen selbst, dass es zu Ende geht. Sie sammeln sich vorsorglich in der Nähe eines absehbaren Todes. Diesen Gefallen würde ich ihnen nicht tun. Wäre ich empfindsam, würde ich nicht nur die Vögel, sondern zudem den Revolver persönlich nehmen. Man könnte in ihm durchaus eine Aufforderung sehen. Menschen in Ausnahmezuständen können völlig unberechenbar handeln. Ich würde zudem diese Wohnung persönlich nehmen. Denn Wohnungen müssen zu einem passen, äußerlich und innerlich, gerade in schwierigen Lebensabschnitten. Andernfalls könnte man sich fehl am Platz fühlen. Wie die verbeulte Gießkanne mit gerissener Emaille. Aber nicht jeder passt hinter einen Gummibaum. Ich beneidete die Gießkanne um ihre Deckung und aß den ersten Toast.

Danach beschloss ich, weder die Wohnung noch den Revolver oder die Krähen persönlich zu nehmen. Und Melitta Miller am besten auch nicht.

Eine Krähe zwinkerte herüber zum offenen Küchenfenster. An dem mageren Mann wäre ohnehin nicht viel zu beißen. Ein Vogelpaar verbeugte sich vor mir und voreinander, sie schnäbelten kurz und hielten Vogelhochzeit. Die anderen Krähen schauten zu. Wie ich. Jetzt laut in die Hände zu klatschen, wäre mir unpassend erschienen.

„Sie sollten besser einen Teller nehmen", sagte eine bekannte kritische Stimme hinter mir. „Oder wenigstens die Hand darunterhalten, um die Krümel aufzufangen." Melitta Miller schaute auf die Krümel zu meinen Füßen. Ich fragte mich, ob sie geklingelt hatte. Schwören würde ich es nicht.

„Ich baue mir eine Insel", sagte ich mit halb vollem Mund, „Entschuldigung (für das Sprechen mit halb vollem Mund). Damit ich wieder festen Boden unter die

Füße bekomme. Meine Frau meinte, es wäre langsam an der Zeit."

Ich schluckte, und es war mir auf einmal peinlich, dass Melitta Miller mir beim Schlucken zusah. Schlucken ist etwas sehr Privates, vor allem, wenn man eine nackte, faltige Kehle hat wie die Saatkrähen. Um Melitta Miller von meiner Kehle abzulenken, zeigte ich auf den Revolver, „Ist das Ihrer?", und schob die Krümel am Boden mit den besockten Füßen zusammen.

Melitta Miller zog eine kleine rote Schachtel aus ihrer Manteltasche und legte sie neben den Revolver. „Schreckschussmunition", sagte sie, „ein Bekannter von mir ist Jäger. Der Antrag bei der Stadt ist schon gestellt. Wir werden die Vögel damit vergrämen. Wissen Sie vielleicht, was mit dem Ballon passiert ist?"

Die blaue Maske atmete aus und ein wie etwas Lebendiges. Melitta Miller wies hinaus in Richtung Platane, in deren Krone nur noch ein kleiner gelber Fetzen am Draht hing.

Der Pfeil mit der bunten Befiederung lag unter dem Überwurf auf der unbenutzten Seite des Bettes, gleich neben dem tiefgrünen Gummibaumblatt. Zwischen Schaft und Pfeilspitze klemmte ein kleines Fetzchen Ballon, das ich nicht abbekommen hatte. Dass ich durch den Besitz dieses Pfeils nun zum ersten Verdächtigen wurde, hatte ich nicht bedacht. Ich schüttelte den Kopf. Woher sollte ich wissen, was passiert war?

„Das Bett habe ich gemacht", sagte ich vorsorglich, falls Melitta Miller auf die Idee käme, im Schlafzimmer ebenfalls für Ordnung zu sorgen. „Ich habe ja sonst nichts zu tun."

Die rotbraunen Augen sahen mich prüfend an: „Je näher bei der Kolonie der Schuss abgefeuert wird, desto wirksamer ist die Vergrämung. Würden Sie das übernehmen – mehrmals täglich?"

Ich schwieg erschrocken.

Melitta Miller streckte den rechten Arm aus, formte mit Daumen und Zeigefinger eine Pistole und schoss lautlos aus dem Fenster in den Himmel, der sich nicht dagegen wehrte. „Sie haben ja sonst nichts zu tun. Ich werde Ihnen zeigen, wie Sie schießen müssen."

Ich stellte mir vor, wie ich am Fenster stand und den Abzug drückte. Ich stellte mir vor, wie die Krähen empört kreischend davonflogen. Die Kinder in der Straße hielten sich die Ohren zu, es waren Indianer, Apachen, Sioux oder Cheyenne, die sich mit Pfeil und Bogen anpirschten, und keine blöde herumballernden Westernhelden. Sie streckten die Hälse trotzdem neugierig nach der Quelle des Knalls. Die Hunde jaulten. Die betagten Frauen und Männer aus der Seniorenresidenz nebenan zogen die Köpfe ein und hielten einen Arm schützend darüber, falls er frei gemacht werden konnte von Gehhilfen und Rollatoren. Wer wusste schon, was gleich vom Himmel fiel? Die Schüsse erinnerten an etwas, das man längst vergessen glaubte.

Also erwiderte ich: „Ich schieße keinesfalls auf Tiere!"

Man schieße doch stets nur in die Luft, sagte Melitta Miller, leicht ungeduldig wegen meiner Unkenntnis. Man müsse das regelmäßig machen mit den Schreckschüssen, nur so nütze es was, betonte sie, und man müsse rasch handeln, denn fingen die Vögel erst einmal zu brüten an, stünden sie unter Schutz, dann würde man sie nie mehr los.

Sie reichte mir einen Handfeger: „Für die Krümel. Überlegen Sie sich das. Oder ich werde öfter am Tag her-überkommen müssen. Schüsse aus nächster Nähe wirken am besten. Es besteht Handlungsbedarf, das sieht die Stadt sicher genauso. Brauchen Sie etwas aus dem Supermarkt?"

Ich bat um Espresso, scharf geröstet. Je kaputter die Schleimhäute und der Geschmackssinn, desto intensiver müssen die Aromen sein.

Die Wohnungstür klappte zu. Ich stellte mich ans Fenster im Arbeitszimmer, um nicht zu verpassen, welche Richtung Melitta Miller einschlug und wo sie abbog. Ich würde an meiner Selbstständigkeit arbeiten. Einkaufen-gehen gehörte dazu. Sogar ein Optimist musste einsehen, dass die Handwerker nicht in zwei oder drei Tagen aus dem Haus sein würden, damit ich dort meinen Platz wieder einnehmen konnte. Wenn es diesen Platz nachher überhaupt noch so gab, wie ich ihn gewohnt war.

Unten auf der Straße stand der Mann mit der wilden grauen Mähne. Der Wolf. Der rotbraune Fuchs kam gerade dazu. Der Mann gestikulierte in die Baumkrone, als Melitta Miller zu ihm trat. Er schloss mit seinen Gesten den Baum, die Krähen und den Mann im bodentiefen Fenster mit ein. Der stand da in Socken, weil er seine Hausschuhe in einen beigefarbenen Mülleimer im Krankenhaus geworfen hatte und weil er hier sowieso keine Hausschuhe tragen würde. Seine Frau hatte sich anerboten, welche zu kaufen und zu bringen.

„Bloß nicht", hatte ich Eva geantwortet. Hausschuhe trage man zu Hause. Und höchstens im Krankenhaus, der Hygiene wegen.

Der Mann im Fenster wippte. Wippte auf die Fersen, wippte auf die Zehen, als schubse ihn von hinten eine ungeahnte Fröhlichkeit an. Die Krähen wippten auf ihren Ästen mit ihm mit. Es war nicht klar, wer angefangen hatte mit der Wipperei. Der Mann, der Baum, die Vögel? Aber es sah aus, als stünden sie alle im selben schwankenden Boot.

Der Mann mit der Wolfsmähne unten auf der Straße klatschte hart in die Hände. Er konnte sehr laut klatschen. Die Krähen flatterten hoch und taten ihren Unmut über die Störung ebenso lautstark kund. Eine blieb sitzen. Der Mann klatschte nochmals. Der Vogel flog davon. Im Fenster war auch keiner mehr zu sehen.

Auf dem Küchentisch lag der Revolver. Schreckschuss zur Vogelvergrämung. Ich machte zwei Toasts, strich Butter dazwischen, weil das Brot mit Butter verklebt vielleicht weniger krümelte.

Lilly hatte wieder ein Bild geschickt. Ich erkannte die zurechtgestutzten Platanen der Champs-Élysées, wo ich zum ersten Mal von ihrer Existenz erfahren hatte. Davor machte ihre Hand (ich nahm an, dass es die Hand meiner Tochter war) zuversichtlich das Victory-Zeichen. In einem Baum, der bereits fettere Knospen zu haben schien als jener vor dem Fenster, hing ein kugelförmiges Nest. Elstern. Saatkrähen bauen eher korbartige Konstruktionen ohne Dach. Sobald das erste Nest draußen in der Platane fertig wäre, würde ich es für Lilly fotografieren.

Gespräche könne man doch nicht durch Bilder ersetzen, hatte Eva gesagt. An dieser Form der Kommunikation habe sie so ihre Zweifel.

Bilder seien womöglich nicht so anfällig für Missverständnisse, hatte ich gemeint.

Ich setzte mich ans Notebook und tippte:

Krähennest

Höchstgelegener Beobachtungspunkt eines Schiffes, meist korbähnlicher Ausguck an der vorderen Mastspitze bzw. auf Höhe der Saling. Namensherkunft ungewiss: Ähnlichkeit der Konstruktion mit Vogelnestern? Oder Benennung nach den zu navigatorischen Zwecken mitgeführten Rabenvögeln? Schiffsausguck heute, in geschlossener Form, nur noch für die arktische / antarktische Eisfahrt gebräuchlich, ansonsten (außer bei historischen Schiffen) durch Radar ersetzt.

Ich fand, dass das Wort Eisfahrt gut zum gläsernen Schreibtisch passte, unter dem alles erstarrte. Ich schaute dem Cursor beim Blinken zu und aß den Toast fertig. Im Krankenhaus hatte ich Zwieback gegessen und dem Cursor beim Blinken zugeschaut. Eva hatte mir das Notebook gebracht.

Schreiben werde mir guttun, behauptete sie, es würde mich ablenken. Es helfe nicht bloß psychisch, sondern sogar dem Immunsystem. „Du musst es regelmäßig machen. Schreib, egal was, es wird dir helfen", sagte Eva.

Nicht alles, was als Therapie angeboten wird, tut immer gut. Manchmal tun sich dabei Abgründe auf, die einem völlig neu sind und in die man lieber nicht geblickt hätte. Zum Beispiel, dass einem rein gar nichts einfällt, was man schreiben könnte. Deshalb versuchte ich, zumindest all die Geräusche zu notieren, die mich bedrängten: Schrittetrippeln, Geschirrklappern, Klospülung, Wasserglucksen, Schusters Klopfen, das Piepen elektronischer Geräte, das Hasten von Schritten auf dem endlos langen Gang. Aber eine herkömmliche Computertastatur ist dafür nicht das Richtige. Die Buchstaben, Ziffern und Zeichen auf der Tastatur genügten weder für die Geräusche im Krankenhaus noch für die ganz normale Panik eines Krebspatienten. Außerdem wollte ich mich gar nicht ablenken lassen von der Krankheit, weil sie sonst vollends von mir Besitz ergreifen würde. Es gibt eben Krankheiten, auf die man sich gut konzentrieren muss, will man nicht, dass sie die

Oberhand oder mehr gewinnen. Schließlich bekennt der, der zuerst wegsieht, dass er der Schwächere ist. Dem Gegner starr ins Auge zu blicken, ist in diesem Fall die richtige Strategie.

Daher bestand vorerst kein Bedarf an einem Notebook zur Therapiehilfe und keiner an Rätselheften zur Ablenkung. Ich versuchte abzuwägen, ob dies anders gewesen wäre, wenn ich mich nicht als Patient, sondern als Klient gesehen hätte. Klienten haben doch mehr Handlungsspielraum.

Das Klingeln riss mich aus meinen Überlegungen. Es war eine neumodische Melodie, die ich bestimmt noch nie gehört hatte. Eva, dachte ich und war schon bei der Wohnungstür.

Du hast heute lange gebraucht, um mich zu retten, würde ich sagen. Und es ist ja nur eine Schreckschusspistole zur Vogelvergrämung, würde ich hinzufügen und lachen und sie küssen als Entschädigung für den Schreck, den ich ihr eingejagt hatte mit meiner Nachricht. Wir hatten uns ewig nicht mehr richtig geküsst.

Der Aufzug stoppte mit einem Rasseln.

„Die Klingel funktioniert bestens, tönt bis hinunter ins Erdgeschoss", sagte Melitta Miller, die aus der Lifttür trat. Die blaue Maske blähte sich auf.

Sie lehnte die Einkaufstasche an die Wand im Gang, um ihren Mantel auszuziehen. Ich konnte mir nicht vorstellen, dass sich Melitta Miller jemals irgendwo anlehnen müsste, um aufrecht stehen zu bleiben.

„Sie waren aber schnell", sagte ich. Ich bemühte mich, es nicht allzu enttäuscht klingen zu lassen, weil ich eigentlich Eva erwartet hatte.

„Der Supermarkt ist gleich um die Ecke", sagte Melitta Miller. „Haben Sie es sich überlegt mit der Krähenabwehr? Mit dem Schießen? Ihr Bruder wäre Ihnen dankbar."

Ich dachte an den Revolver auf dem Kaufhaustisch in der Stadt mitten in dem bunten Faschingsfirlefanz. Noch Monate danach hatte dieses Bild ein begehrliches Ziehen in meiner Brust erzeugt. Im Moment zog dort gar nichts.

„Eher nicht", sagte ich also, und erst als ich es aussprach, wurde mir klar, dass Melitta Miller nun mehrere Male täglich durch diese Räume spazieren würde, um Krähen zu verjagen. Irgendetwas zog nun deutlich in meiner Brust. Es war vermutlich die Erinnerung daran, dass ich so wenig wie möglich in rotbraune Augen schauen wollte, um das Leben einfach zu halten.

„Wo sich eine Saatkrähe niederlässt", erwiderte Melitta Miller, „folgen bald die nächsten. Das ist der Beginn einer Migrationsbewegung, wenn wir nichts tun."

„Genau darum", sagte ich (das Internet ist ein unergründlicher Schatz an Halbwissen), „haben die Seeleute früher Rabenvögel mit an Bord genommen. Die Wikinger, die Griechen. Und hat nicht Noah nach vierzig Tagen auf dem Wasser ebenfalls einen Raben ausgesandt? Wer keinen festen Boden unter den Füßen hat, ist für die Fähigkeiten der Raben und der Krähen dankbar. Für ihre Weitsicht. Für ihren untrüglichen Instinkt. Für ihre Klugheit. Für ihre Ausdauer."

Die blaue Maske hatte scheinbar aufgehört zu atmen.

Ich fuhr unbeirrt fort: „Auf hoher See ließen die Männer ihre nautischen Gehilfen fliegen. Sie sollten das neue Land finden, den unbekannten Kontinent, die rettende Insel. Die Seeleute folgten ihnen, und es hat sich meistens gelohnt."

Die rotbraunen Augen sahen durch mich hindurch auf die unendliche Weite des Meeres, bis der Blick zurück in die Wirklichkeit kippte und an meinem Pullover hängen blieb. Melitta Miller nahm die Einkaufstasche hoch.

„Sie bauen ja selbst Inseln", sagte sie und deutete auf meinen Pullover, wo sich zahlreiche Toastkrümel verfangen hatten. „Wozu brauchen Sie da Krähen?" Auf halbem Weg zur Küche drehte sie sich zu mir um: „Es tut mir leid, ich habe den Espresso vergessen. Soll ich nochmals gehen?"

„Das schaffe ich schon selbst", sagte ich, „wenn es nur um die Ecke ist."

Ich setzte mich ans Notebook und ergänzte nach *Bedarf an Kalorien*:

Handlungsbedarf

Ich unterstrich das Wort doppelt. *Handlungsbedarf*.

Er erschien mir wichtig. Im Zusammenhang mit Kaffee, mit Krähen, mit der Verbannung und im Zusammenhang mit Frauen sowieso.

In der Küche klapperten Schranktüren. Dann fiel der Schuss.

IV.

Die Feder hing an Evas Schal. Schwarz auf rot. Ich zupfte die Feder aus der Wolle und fragte mich, ob der Revolver wirklich nur mit Schreckschussmunition geladen war.

Sie habe einen Schuss gehört, als sie aus dem Auto ausgestiegen sei, sagte Eva. Sie wirkte verunsichert, gegen ihre Art etwas aufgelöst. Eva lehnte sich an mich auf dem Weg durch die Wohnung und auf der Suche nach der harmlosen Waffe, die ich ihr zeigen wollte, aber wir fanden sie nicht. Melitta Miller musste sie mitgenommen haben. Eva strich mit kühlen Händen über meinen kahlen Schädel. Sie wollte womöglich überprüfen, ob er wirklich heil war. Ausnahmsweise störte mich das nicht, so auf meine Kahlköpfigkeit hingewiesen zu werden. Immerhin konnte ich keine Federn lassen, die anschließend in roten Schals feststeckten. Plötzlich hielt Eva die schwarze Feder in der Hand, sie kam offenbar von meinem Kopf.

„Wir haben alle ein paar Federn gelassen in letzter Zeit", meinte sie und lachte. Ohne zu zögern, küsste ich sie auf den

Mund. Ich fand, dass dieser Tag, mit Krähenkrächzen und Revolverschüssen gefüllt, schon laut genug gewesen war. Ihre Lippen schmeckten salzig. Sie waren wohl sehr salzig, sonst hätte ich gar nichts geschmeckt. Die Schleimhäute und die Geschmacksempfindung leiden noch lange nach einer Chemotherapie. Und wahrscheinlich andere Sinne, oder sogar das Gedächtnis, denn ich konnte mich nicht erinnern, wie wir ins Schlafzimmer gekommen waren.

Draußen in der Platane saß eine Krähe und nickte uns zustimmend zu. Der Vogel hüpfte von Ast zu Ast, immer höher, nun doch misstrauisch. Er hüpfte hinauf bis zu den Fundamenten, die er oder ein Artgenosse in die Leere zwischen zwei Zweigen geflochten hatte, um dem Nachwuchs eine Heimat zu bieten. Ein friedliches Nest, bis jemand anfing, mit Schreckschusspistolen Löcher in die Luft zu schießen.

Ich hätte Eva zwischen den Laken und den Küssen sagen können, dass ihre Sorge um mich unbegründet war. Dass ich nicht vorhatte, mich umzubringen. Jetzt nicht mehr. Ich hatte meine Meinung dazu jeweils mit den Prognosen der Ärzte verändert. Das opportunistisch zu nennen, fände ich zu kurz gegriffen, Selbstmord als feige zu bezeichnen ebenfalls.

Ich hätte Eva erzählen können, dass die Schüsse, die auf der Straße nachhallten, allein den Krähen galten, die damit ein für alle Mal vertrieben werden sollten. Ein Schuss vor dem Frühstück und einer danach. Einer am

Mittag und einer vor der allgemeinen Nachtruhe. Schüsse durch Mark und Bein. Bereits den zweiten Tag in Folge. Die Vögel flogen kreischend vom Baum, sie kreisten über ihm und schauten sich die Frau mit den rotbraunen Augen und Haaren und dem Revolver in der Hand gut an, bevor sie das Weite suchten. Ich hielt mich im Hintergrund. Krähen merken sich, wer sie angreift oder belästigt. Sie haben im Unterschied zu mir ein außergewöhnlich gutes Gedächtnis und prägen sich die Gesichter ihrer Feinde ein. Krähen sind außerdem nachtragend, und sie sind noch dazu Petzer, die anderen weitersagen, wer sie verfolgt. Ich war nicht abergläubisch, bloß, wer zieht sich schon mutwillig den Hass seiner direkten Nachbarn zu? Ich hätte Melitta Miller davor warnen müssen, ebenso wie vor der Sonne im März, die weit mehr verursachen kann als ein paar Sommersprossen auf der Nase.

„Das erste Brutpaar sollte gleich vergrämt werden. Gewöhnlich ist es die Vorhut einer ganzen Kolonie", hatte Melitta Miller gesagt. Sie stand am offenen Fenster. Sie trug Ohrenschützer wie manche Bauarbeiter am Presslufthammer oder eine Polizistin am Schießstand. „Stellen Sie sich das vor. Dutzende Vögel. Diese Geräuschkulisse. Nein, das wollen wir uns gar nicht vorstellen. Halten Sie sich die Ohren zu."

Ich konnte mir die Ohren nicht zuhalten, ich hielt Eva in meinen Armen und hatte keine Hand frei, um damit anderes zu tun. Ich brauchte meine Hände für meine

Frau, die sich mit meiner Hilfe aus ihrer Kleidung wand. Aus den engen Hosen, dem Kaschmirpullover, den sie von November bis Anfang April in allen möglichen und unmöglichen Farben trug.

Ich hatte keine Ahnung, welche Farbe der Pullover heute hatte. Ich vergrub mein Gesicht an ihrem Hals, spürte ihre Brüste an meinem knochigen Körper und konnte beim besten Willen nicht mehr feststellen, wem welche Arme oder Beine gehörten.

„Komm", flüsterte Eva in mein Ohr, „komm nach Hause."

Ich brachte kein Wort heraus und dachte nur, dass Männer bezüglich gleichzeitiger unterschiedlicher Tätigkeiten einfacher als Frauen gestrickt wären. Dafür wollte ich mich entschuldigen, aber dann hätte Eva die Tränen in meiner Stimme gehört. Der salzige Geschmack kam wohl doch von mir selbst und von dem schwankenden, salzigen Meer, das mir ständig in den Mund schwappte. Bis hinauf ins Krähennest spritzte die Gischt.

Weiter unten waren Evas Füße kalt wie immer und erstaunlich glatt. Als ich ihre Füße sanft zwischen meine klemmte, um sie zu wärmen, fühlten sie sich zudem schrecklich dünn an. Und als ich fester zudrückte, zerbrachen die Füße mit einem Knacken.

„Wir Männer sollten öfter weinen", hatte Schuster im Krankenhaus zu mir gesagt. Er habe gerade eine ungute

Nachricht erhalten, meinte er, eine schlechte, wenn er ehrlich sein solle. Irgendwo da (Schuster zeigte auf seinen Unterleib) sei schon wieder eine Metastase. Jetzt würde er gern weinen vor Frust und Ärger, gar nicht vor Angst, aber er könne es nicht mehr. „Können Sie noch weinen?", hatte Schuster gefragt.

Ich zog das kühle, glatte Gummibaumblatt, das ich auseinandergebrochen hatte, während ich träumte, zwischen meinen Füßen heraus. Dass es nach drei Tagen so unverändert glatt war, als hinge es nach wie vor am Zweig und der Zweig an einem Stamm, der mit allen notwendigen Nährstoffen perfekt versorgt wird, verwirrte mich mehr als meine völlig flache Hose. Dort war nicht einmal der Ansatz einer Erektion zu sehen oder zu spüren.

Ich hatte mich nochmals hingelegt, ohne mich auszuziehen. Nur die Socken hatte ich abgestreift, weil heiße Füße für schlechte Träume sorgen. Das hatte unsere Mutter behauptet, genauso wie das mit den Sommersprossen, die man von der Märzsonne bekommen soll, und dass eine Ehe an Glastischen in eine kritische Lage geraten könnte. Ich überlegte, wie viel Aberglaube hinter solchen Sprüchen stecken mochte, und war froh, Melitta Miller bisher nicht vor der Märzsonne gewarnt zu haben. Sie schien mir überhaupt wenig zugänglich für Ratschläge oder Warnungen zu sein. Für abergläubisch hielt ich sie auch nicht.

Draußen war helllichter Tag, der Wind strich vom gekippten Schlafzimmerfenster kühl über meinen kahlen

Kopf. Vor mir lag eine kleine schwarze Feder. Ich hob sie vom Bettüberwurf, unter dem ich lag, und steckte sie mir hinter das linke Ohr. Genau dorthin, wo Eva sie zuvor gepflückt hatte. Das war ein Wunschtraum, hätte sie zu ihren Klientinnen und Klienten gesagt. Und wie gut es sei, dass wir die hätten! Wunschträume einerseits und andererseits solche, in denen wir Ärger, Kränkungen und Ängste verarbeiten könnten.

Ich fragte mich, ob es Zufall war, dass all diese Worte (wie die Krähen) ein „ä" in sich trugen. Vielleicht war die kleine Feder mehr als ein Zufall, den ein Krähenschnabel bei der Gefiederreinigung ausgerissen hatte und der nachher vom Wind hier hereingeweht wurde. Die Feder könnte wie der Traum ein Zeichen, eine Vordeutung, eine Vision sein. So wie die Krähen und Raben im alten Rom den Auguren allein mit ihrem Flug und Geschrei die Stimmung der Götter anzeigten und so über den Einzug in die Schlacht oder über Zurückhaltung entschieden.

Ich steckte die traumheißen nackten Füße ins Eis unter dem Glasschreibtisch und tippte:

Self-fulfilling prophecies

Weiter kam ich nicht. In der Küche klapperten Schranktüren. Dann fiel ein weiterer Schuss.

„Ich habe Sie hoffentlich nicht geweckt?", fragte Melitta Miller, die Kopfhörer trug wie manche Bauarbeiter am Presslufthammer oder eine Polizistin am Schießstand.

Sie stand am offenen Küchenfenster und zielte mit dem Revolver auf den Baum vor dem Fenster, in dem sich eine letzte einsame Krähe an den Ansätzen ihres Nestes festhielt. Mit dem Schnabel. Als Melitta Miller die Richtung meines Blicks erkannte, hob sie die Arme und zielte höher in den Himmel.

„Halten Sie sich die Ohren zu", sagte sie.

Diesmal hielt ich mir die Ohren zu. Meine Hände hatten ja sonst nichts zu tun. Melitta Miller drückte ab, die letzte Krähe flog davon. Von den anderen Vögeln war weit und breit nichts zu sehen.

Ich hatte unglaubliches Verlangen nach einem Espresso, aber es gab immer noch keinen in der Wohnung. In Georgs Teesammlung befanden sich: Malve, Darjeeling, Pfefferminze, weißer Tee. Ich entschied mich für Letzteren.

„Der Lieblingstee Ihres Bruders", sagte Melitta Miller mit einem Seitenblick auf die Packung in meiner Hand. „Er klärt den Geist." Sie nahm die Kopfhörer ab.

„Ich nehme doch besser ein Wasser", meinte ich. Manche Teesorten können angegriffene Schleimhäute nur weiter austrocknen. Und genau genommen sah ich keinen Anlass dazu, meinen Geist zu klären und eventuelle Visionen damit von vornherein zu vertreiben.

Melitta Miller legte den Revolver in eine Schatulle, in der ein stabiler Schaumstoff in Umkehrform nur darauf zu warten schien, die Waffe aufzunehmen. Positiv und Negativ, Scheide und Schwert.

„Das war der letzte Schuss", sagte Melitta Miller. „Die Stadt hat unseren Antrag auf Vergrämung durch Schreckschuss heute abgelehnt."

Sie hatte wieder „uns" gesagt, ich hatte es genau gehört. Melitta Miller bezog mich mittlerweile fest in ihren Feldzug gegen die Krähen mit ein, ob ich das wollte oder nicht. Dennoch, klang da so etwas wie Resignation in ihrer Stimme? Ich versuchte, ein sachliches Gesicht zu machen, nickte halbwegs neutral und rief mir dabei die erschrockenen Seniorinnen und Senioren in der Residenz nebenan in Erinnerung, die kleinen Indianer in der Straße und die Krähen, die ja schließlich irgendwo ihre Nester bauen mussten, um nicht auszusterben, weil sie vom Kulturfolger zum Kulturflüchter gemacht wurden.

„Wir müssen uns etwas anderes überlegen", meinte Melitta Miller. Mehrere Personen aus der Seniorenresidenz nebenan hätten sich über den Schusslärm beschwert. Was dabei alles hochkomme von früher … Das habe man natürlich nicht bedacht und nicht gewollt, dort traumatische Zustände auszulösen. Viele der Ältesten hätten ja noch den Krieg erlebt, wenn auch als Kinder, das bleibe wohl. Der Schreck, die Angst, der Schock, die Flucht. Die Hörgeräte heutzutage seien zudem richtig gut. Ihre Mutter habe eins getragen und sei damit sogar ins Konzert gegangen. „Wir müssen uns etwas anderes überlegen", wiederholte Melitta Miller und verschloss die Schatulle mit dem Revolver drin.

Nein, ich hatte mich vorher verhört. Da klang keinerlei Resignation in dieser Stimme aus dem hellrot, fast aggressiv geschminkten Mund, der sich selbst in meiner Nähe nicht mehr hinter einer hellblauen Maske verbarg. Auf dem Kriegspfad bekennt man Farbe, und nichts wird mehr verhüllt, und keiner steht mehr unter Schutz. Nicht Tier, nicht Mensch. Kollateralschäden sind einkalkuliert. Würde Melitta Miller mir nun (so maskenlos) Viren in die Wohnung tragen, Grippe, Magen-Darm oder andere gängige und harmlose, für mich jedoch potenziell tödliche Erkrankungen, wäre dies einfach Pech, wie es im Krieg kaum vermieden werden kann. Was bedeutet schon der Einzelne, und einer, der sowieso angezählt ist, im Vergleich zur Kotverschmutzung und Lärmbelästigung eines kompletten Straßenzuges?

Den verstörten Krähen, falls sie überhaupt zurückkämen, würde ich später sagen, dass so etwas wie Heimat ohnehin nicht existiert, und wenn, dann als Einbildung, und dass alles auf Erden zum Wandern verdammt ist. Dass man die Heimat also am besten mit sich trägt als Idee oder als Foto in der Brieftasche.

In meiner Brieftasche steckte zum Beispiel ein Foto von Eva, Lilly und mir. Ich hatte es im Krankenhaus oft angesehen, um mir zu beweisen, dass sie ebenfalls da waren. Neben der Verzweiflung, der Angst, der Leere im Hirn von den chemischen Cocktails. Lilly war auf dem Bild sechs Jahre alt, auf ihrer Stirn klebte ein Pflaster, weil sie mit ihrem Fahrrad gestürzt war. Auf dem Pflaster waren kleine Marienkäfer (das war auf dem Bild nicht zu erkennen, aber ich wusste es noch).

Ich hätte den Krähen also sagen können, dass ein Bild Heimat sein konnte. Und kurz auch ein roter Mund oder zwei Leiber, die miteinander auf und ab wippten wie die Vögel im Baum. Das war wie Schwimmen oder Fliegen, beinah schwerelos, und man vermisste für den Moment gar nichts. Kein Land und keine Insel fehlte, die einen retten müsste, und nicht einmal einen Vogel brauchte es, der einem den Weg dorthin erst zeigen musste.

„Ach, das hätte ich fast vergessen", sagte Melitta Miller, die im Mantel in der Tür zum Arbeitszimmer stand. „Ihre Frau war vorher da, sie wollte Sie nicht wecken. Sie hat Ihnen einiges mitgebracht. Die Tasche steht unterm Tisch in der Küche. Soll ich die Sachen schnell auspacken?"

„Danke, das mache ich schon", antwortete ich. Ich griff an mein linkes Ohr und tastete nach der kleinen schwarzen Feder, die ich im Bett dorthin gesteckt hatte. Sie war verschwunden und hing auch nirgendwo an meinem Pullover.

Ich streckte meine nun kalten Füße ins Eis unter dem Schreibtisch und tippte den Eintrag zu *Self-fulfilling prophecies* fertig:

Wie wir die Zukunft vorhersagen, wird sie werden. Je mehr man an die positive Prognose glaubt, desto besser stehen die Chancen. (Wichtig bei Krankheit: Schlechte Prognosen immer anzweifeln!)

Mein Blick fiel auf die blaue Gießkanne, die ein Stück hinter dem Gummibaum hervorragte und mit der ich mich hier in der Verbannung gleich verbündet hatte. Ich stand auf, um sie aus ihrem Versteck zu holen. Die Emaille war nicht nur rissig, sie war an vielen Stellen aufgeplatzt und abgebröckelt. Der Schnabel hatte Rost angesetzt. Die Kanne erinnerte mich an etwas, aber ich kam nicht drauf. Allein, dass wir beide nicht hierher passten in diese makellose Wohnung und nicht mehr ganz neu waren, könnte am Ende zu wenig Kitt für eine gute Beziehung sein.

„Kaffee", sagte ich trotzdem vertraulich zu der Kanne, „Espresso, es gibt dringenden Handlungsbedarf!"

Melitta Miller hatte heute nicht gefragt, ob ich etwas brauchte. Sie hatte nur noch die Vögel im Kopf und deren Vertreibung. Eine auffällige Fixierung, die Eva bei ihren Klientinnen und Klienten wohl mit Stirnrunzeln registriert und sich dazu Notizen gemacht hätte. Vermutlich hätte sie die Notizüberschrift doppelt unterstrichen, so wie ich das Wort *Handlungsbedarf*. Ich würde Eva mitteilen, dass es mit der Versorgung des Rekonvaleszenten nicht zum Besten stand und dass diese Vernachlässigung neben der fehlenden Ruhe in der Wohnung mit ein Grund einer vorzeitigen Heimkehr sein müsste.

Während ich Georgs Schiebermütze aufsetzte, überlegte ich, ob Eva nachmittags nicht doch zu mir unter die Decke geschlüpft war. Und wenn bloß für einen Kuss. Einen salzigen. Warum hatte sie geweint? Oder war ich das gewesen? Ich schlüpfte in den Mantel und betrachtete dabei verstohlen den dünnen Mann im Garderobenspiegel. Der Mann sah weder wie mein Bruder noch wie ich aus, als er nun auf die Jagd nach Koffein ging.

Jetzt, da er unwiederbringlich weg war und seinem Besitzer, dem Jäger, zurückgegeben wurde, bedauerte ich es, nie mit dem Schreckschussrevolver geschossen zu haben. Ich hatte die Gelegenheit verpasst, eindeutig. Trotz der verschreckten Vögel und der Seniorinnen und Senioren nebenan mit den viel zu empfindlich eingestellten Hörgeräten. Und trotz der verwunderten Indianer in der Straße.

Mit Georgs Kindergewehr hatte ich ebenfalls nie geschossen. Ich durfte seine Waffe nicht anfassen. Wenn Georg sie nicht selbst in den Händen hielt, versteckte er sie so gut, dass ich sie nicht finden konnte. Und sobald der Fasching vorüber war, ließ unsere Mutter das Gewehr verschwinden.

„Waffen säen nur Zwietracht", hatte sie zu Großmutter gesagt und sich und ihr einen kleinen Rum in den Tee gegossen.

„Nächstes Jahr braucht der Kleine auch ein Schießgewehr", antwortete Großmutter und kniff mich verschwörerisch in die Seite.

Aber im Jahr darauf fiel der Fasching aus, weil Großmutter einige Wochen zuvor überraschend gestorben war.

„Das wäre pietätlos", meinte unsere Mutter.

Georg suchte seinen Stutzen tagelang. Nachdem er ihn endlich gefunden hatte, verkaufte er ihn heimlich an den Meistbietenden seiner Freunde. Bei denen fiel Fasching ja nicht aus. Ich hatte nicht genug Geld und keine Süßigkeiten, um mitzubieten. Familienrabatt gab es keinen.

Über mir schrien die Krähen, die bereits zurückgekehrt waren in den auserwählten Baum. Warum die Vögel ausgerechnet so stur auf dieser Platane beharrten, war schwer zu sagen. Ich schämte mich kurz angesichts der drei Vögel, die sich ängstlich umblickten und mich nun streng beäugten, als könnten sie meine Gedanken lesen. Ich schämte mich, weil ich gern einmal geschossen hätte. Ich beschleunigte die Schritte, um wegzukommen von dem Gekrächze, das heute besonders vorwurfsvoll klang. Zumindest wenn man kein reines Gewissen hatte.

An der Straßenecke begann es zu graupeln. Fünf Minuten später stand ich außer Atem und mit Herzklopfen vor dem Supermarkt und gleich darauf vor einem gut sortierten Kaffeeregal. Ich wählte eine Bohne aus Äthiopien. Auf dem Weg zurück drückte ich das lauwarme Paket mit dem frisch gemahlenen Kaffee unter meinem Mantel an die Brust wie ein Kind, das es vor den Unbilden der Witterung und der Welt zu schützen galt. Ich versuchte, die Schiebermütze weiter über den Kopf zu ziehen, aber sie rutschte mir nur vor die Augen. Der Wind pfiff mir immer noch kalt in die

Ohren, was mit meiner gestrickten Mütze nicht passiert wäre. Bestimmt hatte Eva sie absichtlich nicht in den kleinen Koffer gepackt. Es war eben nicht vorgesehen, dass ich nach draußen ging. Schon gar nicht in Supermärkte, die am Ende gefährlicher sein konnten als ein heftiger Graupelschauer. Ich roch den Kaffee an meiner Brust, den Eva bestimmt ebenso wenig vorgesehen hatte. Er duftete herb und verheißungsvoll. Wenigstens die Nase nahm ihre Arbeit langsam wieder auf. Über mir in den Platanen beschwerten sich die Krähen über das Wetter oder über andere Dinge. Gerade als ich verschwörerisch zurückkrächzen wollte, um ihnen zu sagen, dass ich im Grunde genommen nichts gegen sie hatte, stellte mir der Baum ein Bein.

„Haben Sie sich verletzt?", fragte die Frau mit den kurzen blonden Haaren.

Von unten betrachtet wirkte sie älter als von oben aus dem bodentiefen Fenster im dritten Stock. Das konnte am Licht liegen, das unvorteilhaft und grau auf dem Nachmittag lag.

„Kommen Sie, ich helfe Ihnen hoch", sagte die Frau. „Zuerst dachte ich, Sie seien Herr Höch. Er trägt gern solche Schiebermützen."

„Danke", sagte ich zu der Frau und wies auf das Haus, in das ich abgeschoben worden war. „Ich bin nicht Herr Höch. Ich bin nur ein paar Tage zu Besuch." Ich stand. Es schien alles heil. Das Paket Kaffee in meiner Hand war plötzlich kalt. Ich hatte es nicht losgelassen.

„Ich sehe ihn manchmal aus meinem Büro", die Frau deutete ihrerseits auf ein Fenster im Erdgeschoss der Seniorenresidenz, „wenn Herr Höch spazieren geht. Oft unterhalten wir uns. Kennen Sie ihn?"

„Ach", rutschte mir heraus. Denn Spazierengehen und Geplauder mit den Nachbarn waren genauso wie die beiden Gummibäume und Melitta Miller nichts, das ich meinem Bruder zugetraut hätte.

Die Frau mit den kurzen blonden Haaren betrachtete kritisch meine Hose. „Sie sind auf dem Vogeldreck ausgerutscht. Der Gehweg ist voll davon."

Ich schüttelte energisch den Kopf und hoffte, dass auch die Krähen das deutlich sehen konnten: „Es war die Wurzel. Der Baum hat mir ein Bein gestellt. Ich war bloß unachtsam."

„Die Bäume gehören längst radikal beschnitten, die ganze Straße entlang, sie werden viel zu groß. Sehen Sie sich nur die Autos an. Der Kot zerstört den Lack. Vor diesen Vögeln muss man sich wirklich fürchten. Aber meine Seniorinnen und Senioren fürchten sich ja mehr vor einem harmlosen Knall als davor, hier auszurutschen." Die Frau streckte mir die Schiebermütze entgegen. Ich griff danach. Sie hielt die Mütze jedoch fest: „Oberschenkelhalsbruch! Das geht blitzschnell im Alter, einmal ungeschickt fallen, das war's, das kann ein Todesurteil sein. Viele geben sich dann auf. Die Rekonvaleszenz ist lang, und je älter, desto länger dauert es."

Endlich ließ die Frau die Mütze los. Zwei Krähen flogen schweigend über uns hinweg. Sie wussten offenbar, wann man den Schnabel halten musste.

„Die alten Römer dachten, sie stünden in Verbindung mit den Göttern", sagte ich und zeigte zuversichtlich durch den Baum in den Himmel, „und die Germanen lasen aus ihrem Flug die Zukunft."

„Wer will die schon wissen", erwiderte die Frau, „in einer Seniorenresidenz!"

Es gab keine Espressokanne, um den Kaffee vernünftig zuzubereiten, also goss ich das Pulver einfach mit heißem Wasser auf. Ich spielte mit den kleinen Kaffeekrümeln im Mund, während ich die Einkäufe auspackte, die Eva mir mitgebracht hatte: Naturjoghurt, Bananen, Toastbrot, ein Hühnerfrikassee (leichte Kost für angegriffene Mägen). Zuunterst fand ich ein paar Hausschuhe aus Wollfilz, Größe 43. Ich schluckte den Kaffee mitsamt Krümeln hinunter.

Ich musste annehmen, dass die Hausschuhe wie die Lebensmittel für mich bestimmt waren. Die Größe passte. Da war auch sonst niemand in der Wohnung, der diese grau melierten Männerhausschuhe tragen würde. Eva hatte mir also nicht nur Hausarrest, sondern jetzt zudem noch Hausschuhe verordnet. Obwohl ich keine wollte. Es konnte sich allerdings um ein Missverständnis handeln. Vermutlich waren die Hausschuhe für unser Haus gedacht, das bald fertig renoviert sein würde. Dort wäre es kaum angebracht, mit einem Paar alter Schuhe, in deren Sohlen sich kleine Steinchen festgesetzt hatten, auf dem frisch abgezogenen und mehrfach geölten Dielenboden herumzugehen.

Vielleicht waren gerade dauerehige Beziehungen anfällig für solche Missverständnisse. Einmal täuschte man sich über die Absichten des anderen und ein andermal über seine Wünsche. Und manchmal hielt man aus Versehen die eigenen Wünsche für die des anderen. Und alles bloß, weil man nicht ausführlich genug miteinander sprach oder nicht konzentriert genug zuhörte.

„Das ist das Schöne an Hunden", hatte Schuster über das beige Waschbecken hinweg zu mir gesagt. „Sie verstehen dich ohne Worte, sie spüren, was du willst und brauchst. Hunde sind sehr empathisch. Meiner besonders."

Ich saß auf dem Toilettendeckel und schwieg.

„Was denken Sie?", fragte Schuster nach einer Weile.

„Ich denke, wir sollten uns ein Glas Wein gönnen", meinte ich. „Meine Tochter hat ihn reingeschmuggelt. Bordeaux, ein richtig guter Jahrgang. Sie ist gestern aus Paris gekommen."

„Ist das eigentlich ein gutes Zeichen, wenn die erwachsenen Kinder von weit her anreisen, um uns zu besuchen, oder ein schlechtes?", fragte Schuster.

Ich hatte Schuster nicht gesagt, dass er im Gegensatz zu seinem Hund ziemlich wenig Empathie besaß.

V.

Der Schreibtisch war ein dunkler Teich, dessen mattschwarz schimmernde Oberfläche keinerlei Einblick
gewährte. Da war nur ein Arbeitsgerät, um sich Notizen
zu machen. Und ich. Genau, wie es sein sollte. Auch das
Federkleid der Krähen war so früh am Tag mattschwarz.
Erst später, in der tief stehenden Märzsonne würde ihr
Gefieder wieder wie eine Waffe aus poliertem Metall schil-
lern. Die Vögel waren heute so laut, dass das Notebook
nahezu tonlos startete.

Ich tippte:

Saatkrähe (Corvus frugilegus)

*Zählt zur Gattung der Krähen, Familie der Rabenvögel,
weltweite Verbreitung (wie die Menschen). Kennzeichen der
europäischen Saatkrähe: metallisch glänzendes schwarzes
Gefieder, markanter Schnabel, bei Altvögeln nackter, weißli-
cher Schnabelgrund. Jungvögel werden leicht mit Rabenkrähen
(Corvus corone) verwechselt, da der Schnabelgrund noch befie-
dert ist. Allesfresser, Lebenserwartung ca. 20 Jahre.*

Über die Sprache der Vögel hatte ich bei meinen Recherchen kaum etwas herausgefunden. Dabei sind Krähen im Vergleich zu vielen anderen Tieren ungewöhnlich mitteilsam. Auch Lücken können eindeutige Hinweise sein, fand ich. Wie so oft wurde der Hörsinn völlig vernachlässigt. Die Krähen in der Platane vor den Fenstern konnten klacken, knattern, kreischen, krächzen, ein sauberes Krah-krah, ein hämisches Harr-harr und kehlige Laute wie kleine Kinder ausstoßen, wenn die Vögel lästige Artgenossen von der Nestbaustelle vertrieben. Nahezu täglich nahm ich neue Töne wahr. Allerdings war ihre Bedeutung ähnlich schwer einzuordnen wie Augen, die fast dieselbe Farbe wie die Haare haben.

All meine Versuche, mich an die Geräusche der Krähen zu gewöhnen und sie im auditiven Gedächtnis zu vervielfältigen, waren gescheitert. Wie bei Schusters Klopfen. Scheinbar lassen sich gerade unregelmäßige, amelodische Töne nur schwer überhören. Sie verweigern sich dem Echo, das sie aufnimmt und langsam verklingen lässt.

Die Krähen wurden immer lauter. Etwas an ihren Äußerungen klang anders, aufgeregter als sonst.

Ich tippte:

scheinbar
offensichtlich
wahrscheinlich
augenscheinlich

Nur wenige Äquivalente beziehen sich auf den Hörsinn (vernehmbar, hörbar). Manko! Sehsinn dominiert ständig, wie alle Sinne nicht immer zuverlässig.

Als ich das bodentiefe Fenster öffnete, um im letzten Rest der Morgendämmerung kurz einmal Präsenz zu zeigen (mit Rücksicht rechnete ich gar nicht), wankten die Äste der Platane krähenlos im Morgen. Ein dunkler Schatten sauste am Fenster vorbei und stieß zielstrebig in die Tiefe. Ich beugte mich hinaus. Unten auf dem Gehweg stand jemand in einem weiten, pelerinenartigen Mantel. Die Krähen flatterten um die dunkle Gestalt, die etwas in die Luft warf. Kleine, helle Brocken. Einzelne Vögel fingen sie im Flug, andere, die mutigeren, klaubten die Brocken vom Boden auf und hoben sofort wieder ab. Die Vögel schrien vor lauter Begeisterung über das Futter, das hier großzügig verteilt wurde. Eine der Krähen flog schweigend an mir vorüber. Ihre unbefiederte Kehle war aufgebläht. Sie hatte ihren Kehlsack mit der Beute gefüllt. Ich fragte mich, wo sie den ergatterten Überfluss verstecken wollte. Unter einem Stück Dachblech? In den Fugen eines maroden Kamins? Oder im nahen Park in einem mit dem Schnabel gegrabenen Erdloch? Krähen beherrschen die Vorratshaltung, hatte ich gelesen. Angeblich vergessen sie selten, wo sie die Notration für magere Zeiten versteckt haben.

Ich griff mir an den Hals, er fühlte sich dünn und fremdartig an. Und so gar nicht nach eisernen Reserven.

Im selben Moment hob die Gestalt am Gehweg ihr weißes Gesicht zu dem Mann im Fenster. Sie hatte wohl seine hektische Bewegung bemerkt. Der Mann drehte sich nicht verschämt weg wie sonst, wenn jemand von der Straße heraufschaute zu ihm, vielmehr wandte sich diesmal die Gestalt unter dem Baum abrupt um. Mit eiligen Schritten verschwand der weite Mantel hinter den Büschen des benachbarten Vorgartens, der zur Seniorenresidenz gehörte.

Ich lehnte mich an das hüfthohe Gitter, das zum Schutz vor einem Absturz vor dem bodentiefen Fenster montiert war. Es war kalt geworden, eine steife Brise blies mir um die Nase. Ich fröstelte. Die Aussicht aus meinem Krähennest war trotzdem gut. Aus einem Krähennest erspäht man Gefahr und Rettung auf alle Weite. Manches entdeckt man auch nicht. Denn irgendwo da unten in der Straße und Nachbarschaft gab es eine so gut wie unsichtbare, verschworene Gemeinschaft, eine, die sich untereinander vielleicht gar nicht kannte, aber die Krähenabwehr wirksam sabotierte. Mit Pfeil und Bogen und mit morgendlicher Fütterung. Jene heute war gewiss nicht die Erste. Sonst wären die Vögel misstrauischer gewesen, hätten sich der Gestalt nicht so sorglos genähert. Im Grunde steckte ich schon längst mit diesen Vögeln unter einer Decke. Zumindest moralisch und empathisch, wie sich das unter Leidensgenossen automatisch einstellt. Mir wurde die Heimkehr verwehrt, den Krähen die Ankunft.

Würde ich an eine komplexere Intelligenz der Bäume glauben, könnte ich sogar die Platane für einen Teil der verschworenen Gemeinschaft halten. Als mir der Baum auf dem Gehweg ein Bein gestellt hatte, hatte er mir womöglich bloß sagen wollen, dass ihn die Vögel in seiner Krone nicht störten. Dass sie gerne bleiben konnten und ihre Nester mit Eiern füllen. Dann stünden die Vögel unter Schutz und mit ihnen der komplette Baum, der nicht mehr radikal beschnitten und zurechtgestutzt werden dürfte wie andere Bäume in schicken Alleen überall in der Welt.

Ich holte den Schal von der Garderobe, um ihn um eine magere, nackte Kehle zu wickeln, aus der bisher nicht einmal ein müdes Krächzen gekommen war. Es war Melitta Millers Schal. Sie musste ihn hier vergessen haben. Dabei hätte ich sie nicht zu den Menschen gezählt, die ihre Sachen irgendwo vergessen. Ebenso wenig zählte ich sie zu den Menschen, die sich zwischendurch anlehnen oder setzen müssen. Außer, sie werden gründlich aus dem Konzept gebracht. Durch Krähen zum Beispiel. Eva hatte mir auch keinen Schal eingepackt, es war eben nicht vorgesehen, dass ich nach draußen ging. Ich würde sie fragen, ob Obsessionen ebenfalls irgendwann zu einem psychischen Ausnahmezustand führen können.

Ich scrollte zurück zum Wort *Depersonalisation* und ergänzte:

Psychischer Ausnahmezustand. Abspaltung von sich und der Umwelt, oft durch traumatische Erlebnisse. Eigener

Körper, Gefühle, Handlungen, selbst vertraute Menschen und Objekte wirken fremd.

Die Krähen ließen sich eine nach der anderen in der Platane und auf dem Dachgiebel gegenüber nieder. Ich zählte acht Vögel im nun hellen Morgen. Einige hatten Zweige herangeflogen und machten sich weiter an den Nestbau. Das würde Melitta Miller nicht freuen. Trotzdem würde ich ihr weder von der Fütterung berichten noch von dem bunt befiederten Pfeil unter der Überdecke auf der unbenutzten Seite des Bettes, der vermutlich den Vogelschreckballon zerstört hatte. Ich nahm an, dass das abgebrochene Gummibaumblatt daneben Melitta Miller kein bisschen interessieren würde, obwohl sie für die prächtigen Pflanzen verantwortlich war, wenn mein Bruder verreist war. Sie vernachlässigte ihre Aufgaben. Nicht nur jene bezüglich der Wohnung.

Nach dem Frühstück nahm ich die Hausschuhe, Wollfilz, Größe 43, schlüpfte mit den Händen hinein und putzte mit den saugfähigen Schuhunterseiten die Kaffeeringe auf dem Küchentisch weg. Ich wollte keinerlei Spuren hinterlassen, wenn ich diese Wohnung demnächst verließ, um aus dem Krähenkrieg in ruhigere Gefilde und nach Hause zu flüchten. Ich wischte die Toastkrümel am Boden zusammen und schüttelte sie zum Fenster hinaus. Die Krähen ignorierten mich und die Krümel. Sie waren satt. Ich ging hinüber ins Arbeitszimmer und polierte mit der weichen Oberseite der Schuhe meine Fingerabdrücke (die sich ja nie ganz vermeiden lassen) vom Glastisch, sodass er wieder kristallklar wie reinstes Eis war. Anschließend zog ich die Filzschuhe an, damit es die besockten Füße im Eis nicht mehr so kalt hatten. Ich betrachtete die unförmigen, grauen Klumpen unten an den Beinen und dachte an Eva, die mir Hausschuhe verordnet hatte, aber Mütze und Schal verweigerte. Ich dachte an Melitta Miller in ihren stets eleganten Hosen und zog die Filzpantoffel aus. Auf dem unwahrscheinlich durchsichtigen Tisch vor mir schwebte das Notebook im Leeren.

Ich solle schreiben, egal was, hatte Eva gesagt, und dass allein das vertraute Geräusch, die vertraute Haptik, die gewohnte Situation als solche mir guttun würden. Sie würden mir wieder Vertrauen in die Realität geben. Und Zuversicht.

„Die Realität ist auch eher eine Einschätzung", sagte ich hinaus in die Platane, deren immer stärker schwankende Äste mich seekrank machten. Das flaue Gefühl im Magen konnte genauso gut von den beiden Tassen Kaffee kommen, die ich schon getrunken hatte. Mit der Zunge holte ich die lästigen Kaffeekrümel aus den Zahnzwischenräumen und dem zu lockeren Zahnfleisch.

Der Wind hatte zugelegt, die Bäume in der Straße verneigten sich der Reihe nach respektvoll vor den heftigen Böen, und wie Rekonvaleszente müssen Krähen ebenfalls und jederzeit mit Rückschlägen rechnen. Eine kräftige

Böe riss eines der halb fertigen Nester aus seiner Veran-
kerung in der Astgabel. Oder hatte zuvor jemand nach-
geholfen? Ein Sportkletterer vom Alpenverein? Jedenfalls
baumelte der Nestboden nur noch am seidenen Faden
eines dünnen Zweigs hoch oben in der Baumkrone. Vier
Krähen auf dem Dach gegenüber stemmten ihre Schnäbel
in den Wind und besahen das Malheur mit ausdruckslo-
sen Mienen. Die anderen schaukelten im Baum auf und
ab, an Nestbauen oder an Reparaturen war bei diesem
Seegang nicht zu denken.

Ich schaukelte mit den Vögeln mit, und tatsächlich
verschwand der Anflug von Übelkeit, nachdem ich mich
dem Rhythmus angepasst hatte und mich nicht mehr
gegen das Schwanken wehrte. Auf einmal fühlte sich alles
unverhältnismäßig leicht an.

Eva ging sofort ans Telefon.

„Ich passe mich langsam an. Es geht aufwärts", sagte ich
zur Begrüßung. „Du hättest mich gestern ruhig wecken
können, als du da warst."

„Das habe ich versucht", lachte Eva. Sie habe mich leise
angesprochen, mir sogar über den Kopf gestreichelt.

„Mit einer Feder?", fragte ich.

„Wieso mit einer Feder?! Das wäre wohl ziemlich unhy-
gienisch, nicht wahr. Und wo sollte ich die herhaben?"

Unten auf der Straße lägen genug, meinte ich und
fragte mich, ob die kleine schwarze Feder etwa bloß Teil

des Wunschtraums gewesen war. Ich hatte sie nirgends mehr gefunden.

Eva meinte: „Ich hatte keine Chance. Du hast geschlafen wie ein Toter."

Ich musste schlucken, Melitta Millers Schal, den ich zu eng um den Hals geschlungen hatte, würgte mich. Vielleicht war es auch Evas Vergleich, so leicht dahingesagt, der mir die Luft nahm.

„Passen dir die Hausschuhe eigentlich?", fuhr Eva einfach fort, ohne sich über mein Schweigen zu wundern.

„Welche Hausschuhe?", fragte ich scheinheilig und dachte an die zwei Hügel unter der Überdecke auf der unbenutzten Seite des Bettes. Die Hausschuhe lagerten mittlerweile neben dem Indianerpfeil und dem Gummibaumblatt (immer noch grün und zum Fürchten frisch trotz der gebrochenen großen Blattader). Ich hatte beschlossen, die Hausschuhe, Wollfilz, Größe 43, in dieser Wohnung niemals zu tragen. Aber sie in einen Mülleimer zu stecken wie das alte Paar im Krankenhaus, wagte ich trotzdem nicht. Melitta Miller hätte bestimmt Fragen dazu gestellt, und ich hätte keine Lust gehabt, darauf zu antworten. Genauso wenig wie auf Evas Fragen, falls ich ohne diese Schuhe nach Hause käme.

Aus dem Telefon drang ein abgehacktes, sekundenweise wieder melodiöses Rauschen.

„Warte", sagte Eva. „Ich geh raus. Die Ofenbauer, das Radio ist so laut." Es knackte. „Und nachts knattern die

Folien vor den Fenstern im Sturm", sagte Eva gegen das anhaltende Rauschen im Äther. Wer solle da schlafen und Ruhe finden?

„Du kannst bei mir schlafen", rief ich ins Telefon. „Nachts sind die Krähen ruhig, und das Bett ist groß genug für zwei."

Ich wusste nicht, ob Eva mich überhaupt gehört oder verstanden hatte. Ich ließ es deshalb, ihr von meinem Spaziergang zum Supermarkt zu erzählen, von Melitta Miller und ihrer Obsession, die Krähen zu vertreiben, von der (wie ich annahm) Leiterin der Seniorenresidenz, die mich für meinen Bruder gehalten hatte. Und von dem Sturz, der eine Schramme auf meiner Wange hinterlassen hatte.

„Die Haare wachsen endlich wieder", sagte ich in die Stille und strich mit der Handfläche über meinen kahlen Schädel, auf dem seit heute die ersten Stoppel zu spüren waren. Die Geste erzeugte ein raspelndes Geräusch im Kopf, das mich seltsam froh stimmte.

„Bist du noch da?", fragte Eva. Sie klang weiter weg als zuvor.

Ich räusperte mich, um gleich ganz deutlich sprechen zu können, um die letzte Spur von Unsicherheit in der Stimme zu beseitigen und zu fragen, wann die Bauarbeiten abgeschlossen seien.

Doch Eva kam mir zuvor. „Georg hat angerufen und gefragt, wie es dir geht", sagte sie, und dass sie später in die Praxis ziehe, weil sie ihren Schlaf brauche, und es deshalb nicht mehr schaffen würde, mich zu besuchen. „Ich vermisse dich", sagte Eva.

Ich versuchte, den letzten Satz in meinem auditiven Gedächtnis zu vervielfältigen und zu einem permanenten Echo zu machen, zu einem, das nicht so schnell verklang. Aus irgendeinem Grund gelang es mir nicht.

Ich hörte stattdessen die Ofenbauer, die zu Popmusik Schamottstein auf Schamottstein setzten, um Eva ihren Traumofen zu bauen. Mit Backmöglichkeit, falls sie eines Tages anfangen würde, das Brot selbst zu machen. So einen Ofen zu bauen, erfordert gewiss Geduld. Wie das Brotbacken und eine Baustelle. Geduld ist außerdem etwas, das man für eine langwierige Therapie braucht, die sogar Zähne lockern kann. Geduld ist etwas, das geübt werden muss. Geduld kann allerdings nicht beliebig lange und oft reproduziert werden. Auch die Geduld mit Handwerkern hatte irgendwo ihre Grenzen. Die Handwerker würden trotz Musik aus dem Radio nicht so flott arbeiten, wie sie könnten, wenn niemand dazuschaute. Das war sicher. Falls Eva heute also ein paar Straßen weiter in ihre Praxis zog, würde gar nichts mehr vorangehen, und ich würde noch länger hier sitzen und durch einen eisigen Tisch auf zwei knochige Knie und kalte Füße starren.

„Vertrauen wird oft missbraucht", erklärte ich den zwei Füßen im Eis und tippte:

Vertrauen

Glauben an die Richtigkeit von Handlungen und Ein-stellungen; Glauben an die Ehrlichkeit anderer einem selbst gegenüber. Der Handwerker, der Ärzte. Der Frauen, die sagen, sie vermissen dich, aber nichts dagegen tun. Der Brüder, die zwar mit deiner Frau, aber nicht mit dir kommunizieren.

Voraussetzung für Vertrauen: Glauben plus Vertrauens-grundlage (Wissen!)

Ich nahm mir vor, bei nächster Gelegenheit auf der Baustelle vorbeizuschauen, um nach dem Rechten zu sehen. Glauben konnte nicht schaden, doch nur Kontrolle schuf echte Vertrauensgrundlagen. Und Georg würde ich schreiben und mich bedanken, dass ich in seiner Wohnung sein durfte, obwohl ich das nie gewollt hatte. Ich würde Georg außerdem mitteilen, dass ich am Leben sei (was ich durchaus gewollt hatte) und er mich bedenkenlos persönlich anrufen könne, um mich zu fragen, wie es mir gehe.

Ich dachte an meine Tochter, die mit sechs Jahren an ihren Vater geglaubt und ihm vertraut hatte, dass er das neue Fahrrad hielt (hinten am Gepäckträger), als sie zum ersten Mal allein damit losfuhr. Den Sturz, von dem sie heute noch eine fast unsichtbare Narbe an der Stirn hat, trug sie mir nie nach. Nur Heftpflaster mit Marienkäfern darauf wollte sie keine mehr haben. Ich war erleichtert, weil sich bald herausstellte, dass es nicht die Erinnerung an den Sturz war (Trauma), der ihr die Pflaster verleidete, sondern ihre Abneigung gegenüber allem, was krabbelte und mehr als vier Gliedmaßen hatte.

Ich dachte an Georg, der als Kind panische Angst vor Spinnen hatte, aber in einem Gurkenglas mit durchlöchertem Deckel Heuschrecken sammelte für den Weitsprungwettbewerb. Im selben Sommer fütterte ich eine fette Kreuzspinne mit allen Fliegen, die ich fangen konnte. Die Spinne hatte ihr Netz in der Tür unseres Gartenschuppens aufgespannt. Wer hinein wollte, musste sich bücken, um nicht in die klebrigen Fäden zu laufen. Ich passte gerade so unter dem Netz durch. Georg nicht, er war einen halben Kopf größer. Wenn er etwas aus dem Schuppen holen sollte, schaute er sich erst verstohlen um, ob ihn jemand beobachtete. Anschließend kroch er auf allen vieren durch die Tür, den Kopf ängstlich eingezogen.

Unsere Mutter hatte ihn eines Tages erwischt, wie er das Netz mit einem Stock zerriss. Sie hatte geschimpft und gemeint, Spinnen könne man im Gegensatz zu manchen Menschen zu den nützlichsten Wesen auf der Welt zählen.

Kurz vor Schulbeginn verschwand die Kreuzspinne aus ihrer Türecke. Georg sagte erleichtert, dass ein Vogel sie endlich gefressen hätte. Mutter sagte, das sei der Lauf der Natur: fressen und gefressen werden.

Ich dachte an die Krähen draußen in der Platane, die nach den letzten Tagen voller Misstrauen sein müssten und die dennoch nicht weiterzogen. Nach jeder Vergrämung kamen sie wieder, als wäre diese Platane der einzige Platz, dem sie trotz allem vertrauten, der einzige große Baum in der Stadt, der für ihre Krähennester taugte.

Auf einmal sah ich Schuster vor mir, wie er in dem winzigen Badezimmer im Krankenhaus saß, um sich mit mir zu unterhalten. Er saß stets auf dem kleinen, aber stabilen Mülleimer gleich neben dem beigen Waschbecken. Darunter sah man das Abflussrohr und die Zuleitungen für Warm- und Kaltwasser. Wasser, Rohre, Siphon, Heizungen. Zu ihnen hatte der Installateur Vertrauen. Wieso kam ich erst jetzt darauf? Das Badezimmer war Schusters Terrain, auf dem ihm niemand etwas vormachen konnte, wo er stets wusste, was zu tun war. Das Bad war seine Heimat, die ihm Sicherheit gab. Und Vertrauen in die Realität. Und Zuversicht.

Ich würde Schuster später anrufen, um mich dafür zu entschuldigen, dass ich manchmal so wenig empathisch war (obwohl wir Leidensgenossen waren wie die Krähen und ich). Und dass ich es sehr spät erkannt hatte: sein außergewöhnliches Vertrauensverhältnis zu Badezimmern. Ich war neugierig, mit welchem Zimmernachbarn er nun das beige Badezimmer teilte. Schuster könnte sich nun selbst auf den geräumigen Toilettendeckel setzen, den er stets mir überlassen hatte, weil meine Beine angeblich länger seien als seine. Schuster hatte, wie ich ihn einschätzte, jedoch gar kein Interesse am Toilettendeckel. Er würde sich gewiss auf den kleinen Mülleimer neben die vertrauten Installationen setzen. Er war keiner, der leichtfertig Veränderungen vornahm. Im Gegenteil, ich konnte mir vorstellen, dass ihn Veränderungen aus dem Konzept brachten.

„Es geht aufwärts", sagte ich zu mir selbst. „Es geht aufwärts." Es kann nicht schaden, sich selbst erfüllende Prophezeiungen ständig zu wiederholen, damit sie sich bald erfüllen.

Plötzlich begann das Notebook vor mir trotz Schlafmodus so angestrengte Geräusche von sich zu geben, dass ich hellhörig wurde. Elektronische Geräte lassen einen fallweise im Stich, und wenn eins damit anfängt (Mobiltelefon), folgt nach dem unergründlichen Gesetz der Serie oft das nächste. Das Surren wurde lauter und verlagerte sich in Richtung des bodentiefen Fensters, wo der Kopf eines Mannes erschien. Er trug einen gelben Schutzhelm. Der Mann hatte mich ebenfalls wahrgenommen und grüßte mit einem höflichen Nicken zum Fenster herein. Er stand im Korb eines weit ausladenden Steigers wie der Matrose im Krähennest oben am höchsten Mast des Schiffes. Mast und Krähennest schwankten nur leicht in so luftigen Höhen, die Böen von heute früh hatten nachgelassen.

Der Mann hielt kein Fernrohr in der Hand, um nach Land Ausschau zu halten oder, wäre er ein Pirat, nach einer potenziellen Beute, die es zu entern lohnte. Vielmehr befestigte er, indem er sich gefährlich weit aus dem Korb lehnte, glitzernden Faschingsflitter in den Ästen der Platane. Ich trat ans Fenster und öffnete es.

„Weiter rechts", rief Melitta Miller vom Gehweg. Sie winkte zusätzlich mit der Hand, falls der Mann sie nicht gehört hätte. Ich nahm nicht an, dass das Winken mir galt.

Der metallene Korb mit dem Mann darin fuhr surrend ein Stück zur Seite. Bei näherem Hinsehen band er keinen Faschingsflitter in die äußeren Zweige des Baums, sondern silberfarbige Spiralen, die sich anmutig im Wind drehten und das Sonnenlicht dabei in alle Richtungen warfen. Zwei Krähen saßen auf den Schornsteinen gegenüber und schauten dem Mann ungläubig zu. Die anderen Vögel waren verschwunden.

„So", sagte Melitta Miller eine halbe Stunde später, als sie mit roten Wangen vor Kälte neben mir am Fenster stand.

Zu zweit bestaunten wir den im Sonnenlicht funkelnden Baum. Aus den Augenwinkeln sah ich Melitta Miller blinzeln, weil sie geblendet wurde. Ich blinzelte auch.

„Nun können sich die Damen und Herren nebenan nicht mehr beklagen", sagte sie. „Diese Krähenabwehr gibt keinen Ton von sich. Das sieht eigentlich gar nicht schlecht aus. Irgendwie mondän."

Ich hätte einwenden können, dass der Fasching dieses Jahr vorbei sei. Und dass ich es wieder einmal verpasst hatte, während der närrischen Tage aus der Rolle zu fallen und ausnahmsweise ordentlich um mich zu schießen, wenn schon eine Pistole vor meiner Nase lag. Ich hätte außerdem sagen können, dass glitzernde Platanen nur zu Weihnachten in Paris gut und mondän aussehen würden. Lilly hatte im Advent ein Bild geschickt mit den lichterfunkelnden Bäumen. Noch ohne Siegeszeichen aus Zeige- und Mittelfinger der rechten Hand. Die Zuversicht hielt sich zu dieser Zeit sehr in Grenzen.

„Es blendet ein wenig", meinte ich.

Ich fand den nackten Baum mit all dem billigen Flitterkram an den Zweigen fast obszön und schämte mich an seiner statt. Ich mochte Bäume, vor allem die großen Laubbäume. Sie hatten etwas Stolzes an sich. Diese Maskerade dort draußen hatte die Platane nicht verdient. Zur Strafe für die Duldung der Krähen wurde der Baum nun an den Pranger gestellt und der Lächerlichkeit preisgegeben.

„Ist doch praktischer so", erwiderte Melitta Miller. „Jetzt muss ich Sie nicht mehr dauernd stören. Sie brauchen Ihre Ruhe. Aber klatschen Sie ruhig in die Hände am offenen Fenster, sobald eine Krähe sich nähert. Klatschen und andere unerwartete Lärmquellen verstärken die Wirkung der Spiralen."

Helle Lichtreflektionen flirrten über ihr Gesicht und beleuchteten zarte Sommersprossen überall. Auf der Nase, auf den Wangenknochen, auf der Stirn.

„Sie stören mich nie", sagte ich gerührt.

„Traumatische Ereignisse wie eine schwere Krankheit machen die meisten Patienten emotional labil", hatte Eva gemeint.

Spontan griff ich nach Melitta Millers Hand und sagte: „Die Märzsonne kann richtig aggressiv sein, vor allem, wenn man so empfindliche helle Haut hat. Sie sollten aufpassen."

Ich würde ihre Sommersprossen vermissen, ich würde ihre Augen vermissen. Rotbraun wie ein Reh, ein Fuchs. Einer dieser Jagdhunde mit Schlappohren kam mir ebenso in den Sinn.

Melitta Miller musterte ihre Hand in meiner, sie schweifte mit dem lauernden Blick eines wilden Tiers hinauf zu meinem Gesicht und ungeniert über den kahlen Schädel, auf dem die ersten Haarspitzen zwar spürbar, jedoch noch unsichtbar wuchsen. Draußen fuhr eine Windböe in die Platane, die Spiralen klirrten aneinander und schickten Lichtblitze zu uns herüber. Überrascht versuchten wir beide, dem blendenden Licht auszuweichen, duckten die Köpfe, und zwei Nasen schabten nur knapp aneinander vorbei.

Sofort stand Melitta Miller wieder kerzengerade, wies mit ihrer befreiten Hand auf das Hausdach gegenüber, wo die beiden Krähen saßen, und sagte ungerührt: „Das Streulicht irritiert die Vögel nachhaltig. Trotzdem müssen wir mehr tun. Wir müssen alle an einem Strang ziehen, Herr Höch, sonst wird man Krähen nicht los. Und denken

Sie dran. Wir tun das für die gesamte Straße. Für unser aller Ruhe und Sauberkeit. Die Krähenabwehr ist ein sozialer Akt."

„Die Vögel erscheinen mir auch sozial", äußerte ich unbedacht.

Melitta Miller sog hörbar die Luft ein. „Das ist Sabotage", zischte sie leise. Sie wisse sehr wohl, dass jemand die Krähen füttere. Natürlich funktioniere so keine Vergrämung, wenn zugleich angefüttert werde. Das spreche sich darüber hinaus noch herum, sogar bei standortfernen Vögeln. „Bald haben wir sie alle hier", sagte Melitta Miller leise und eindringlich. „Die ganze Population aus dieser Gegend, eine große, schwarze Kolonie. Wollen Sie das? Wir wollten es doch vermeiden, scharf zu schießen."

Erst als ich unten das Haustor schwer ins Schloss fallen hörte, überlegte ich, ob Melitta Miller heute geklingelt hatte. Ich wusste es nicht mehr, und beides war mir nicht mehr geheuer: ihre Besessenheit und meine Vergesslichkeit.

Ich weckte das Notebook und tippte:

Lockjagd

Freundliches Lockbild (Lockkrähe, meist Nahrungsaufnahme simulierend) schafft Vertrauen; die soziale Krähenart, Futtergründe zu teilen, lockt weitere Krähen an. Dann wird aus einem getarnten Unterstand geschossen. Ebenfalls gebräuchlich: Krähenkarussell aus bis zu drei Vögeln, Nahrungsaufnahme simulierend. Feindliches Lockbild (i. d. R.

eine Uhu-Attrappe) wird v. a. in Zeiten von Balz, Nestbau und Jungenaufzucht eingesetzt. Krähen attackieren den Fressfeind zur Verteidigung der Brut.

Könnte es sein, dass die Krähen selbst den Ballon mit den Greifvogelaugen attackiert und zerrissen hatten? Dass der Pfeil unter der Überdecke im Schlafzimmer gar nicht auf den Ballon, sondern auf eine Krähe gezielt und sein Ziel bloß verfehlt hatte? Lockjagd mit feindlichem Lockbild also. Wenn ich an Melitta Miller dachte, kam mir höchstens das freundliche Lockbild in den Sinn. Aber Jagd bleibt Jagd, und am Ende gibt es gewöhnlich Tote.

Ich tippte:

Die Feder hing an Evas Schal. Schwarz auf rot. Ich zupfte die Feder aus der Wolle und fragte mich, ob der Revolver wirklich nur mit Schreckschussmunition geladen war.

VI.

„Schuster, E", zeigte das Display des Telefons, „wird angerufen." Schuster nahm nicht ab. Ich ließ es lange klingeln, wissend, dass so ein Klingeln in einem Krankenhaus leicht untergeht zwischen den ganzen Geräuschen, dem Trippeln auf dem Gang, dem Piepen der Apparate, dem Klirren von Geschirrwagen, der Glocke im Schwesternzimmer, dessen Tür meist offen stand.

Auch Schuster mochte es, wenn seine Zimmertür offen war. Es sei ihm sonst zu eng, er fühle sich eingeschlossen, hatte er gesagt. Im Bad störte ihn die Enge nie, selbst zu zweit nicht. Schuster war blass, als ich aufbrach.

Eva hatte im Zimmer die letzte Wäsche in die Reisetasche gefaltet, die nun auf dem Bett lag.

„Schön", sagte Schwester Edith, die mit meinen Entlassungspapieren hereinkam und sofort stockte. Sie schielte auf die Tasche, auf deren abgeschabte, unsaubere Ecken, aufs Bett. Die steile Falte über ihrer Nasenwurzel löste sich auf, während sie weitersprach: „Schön, dass Sie uns verlassen, Herr Höch, und bei aller Liebe, ich möchte Sie hier nicht wiedersehen."

Schwester Edith hatte tatsächlich „bei aller Liebe" gesagt. An Evas Nasenwurzel bildete sich trotzdem nicht die Spur einer missbilligenden Falte. Sie kannte sich aus mit der Psychologie in solchen Situationen, sie wusste um die Leichtigkeit des Dahingesagten, um den Nutzen der positiven Übertreibung, um Klienten wie Patienten nach einem Tief etwas Schwung und Zuversicht zu verleihen.

Eva strahlte Schwester Edith an und sagte: „Danke für alles."

Schuster saß an jenem Morgen nicht auf dem Deckel des kleinen, aber stabilen Mülleimers im beigen Bad. Er saß auf dem Toilettendeckel und hielt den Mülleimer auf dem Schoß, während ich den Kulturbeutel packte: Rasierschaum (ich rasierte mich eher aus Gewohnheit als aus Notwendigkeit), Duschseife, Zahnpasta. Bei der Zahnbürste (extra soft, zahnfleischschonend) schüttelte Schuster den Kopf und betätigte den Öffnungsmechanismus des Eimers auf seinem Schoß. Ich warf die Zahnbürste hinein.

Schuster deutete auf die Hausschuhe an meinen Füßen. „Da, werfen Sie weg, sonst kommen Sie retour", sagte er. „Man kann nie abergläubisch genug sein."

Ich warf die Schuhe in den Mülleimer, den er mir hinhielt. Der Deckel schloss danach nicht mehr richtig. Schuster wünschte mir alles Gute und sagte, er freue sich vor allem auf seine Spaziergänge mit Benno. Das mit dem Arbeiten würde er noch eine Weile bleiben lassen.

Ich beneidete ihn um die Gesellschaft beim Spazierengehen und sagte nun meinerseits leicht dahin: „Nehmen Sie mich mal mit zum Spazierengehen?"

Schuster nickte begeistert: „Sehr gern. Sie werden sich bestimmt großartig verstehen, Benno und Sie."

Ich zählte laut alle männlichen Vornamen mit E am Anfang auf, die mir gerade einfielen: „Erich, Emil, Eduard, Eberhard, Erhart, Eric, Elmar, Edgar, Egon." Ich horchte dem Klang der Namen im Raum hinterher. Alle klangen sie vollkommen fremd. Ich musste mir schließlich eingestehen, dass ich keine Ahnung hatte, wie Schuster mit Vornamen hieß.

Das „E" (ohne Punkt) hatte ich vom Fußende seines Krankenbettes übernommen, wo ein kleiner Zettel von einem Plexiglasring ans Bettrohr gefesselt wurde: „Schuster, E, männl., 29.03.1962". Schuster hatte morgen Geburtstag. Am Geburtstag hat man das Mobiltelefon in Griffweite. Ich würde ihm gratulieren und jetzt, da wir uns kein Badezimmer inklusive Toilette und also keine Intimitäten mehr teilten, endlich das „Du" anbieten. Als Geburtstagsgeschenk. Wenn Schuster Zeit hätte (wovon man bei einem Patienten im Krankenhaus nicht automatisch ausgehen kann), würde ich zudem erzählen, dass ich mit dem Arbeiten, wie er selbst, lieber wartete. Das lag daran, dass mir die Zusammenhänge fehlten. Ein paar Notizen ergaben eben noch keine Geschichte. Womöglich hatte das etwas mit dem Vertrauen zu tun, das ich erst wiederfinden müsste. Oder zumindest mit dem Glauben daran, dass ich es wiederfinden würde.

Ich mache ständig Notizen, könnte ich trotzdem zu Schuster sagen, für etwas Größeres, mal sehen, was daraus wird.

Das Stück Gummi lag am Boden. Schwarz auf grau. Ich sah mich um. Zuerst an die Decke. Dort gab es nichts Schwarzes. Anschließend hinter den Spiegel über dem Waschbecken. Dort fehlte nichts. Und unter das Waschbecken. In Georgs Badezimmer waren Abflussrohr sowie die Zuleitungen für Warm- und Kaltwasser in einem schicken Unterschrank verborgen. Darin war anscheinend ebenfalls alles an seinem Platz und in Ordnung. Ich nahm das etwa zehn Zentimeter lange Stück Kunststoff in die Hand. Es war flexibel, weich, eine Art Dichtungsgummi, aber wofür, war nicht ersichtlich. Ebenso wenig, wie das Stück Gummi hierher auf den hellgrau gemusterten Fliesenboden im Bad gekommen war. Vielleicht hatte der Sturm das Gummistück durch das gekippte Badezimmerfenster hereingeweht. Womöglich sammelten die Krähen ja nicht bloß Zweige, um für ihren Nachwuchs ein behagliches Nest zwischen die Äste des Baumes zu flechten. Ich konnte mir vorstellen, dass so ein Gummi

Halt gab und zugleich polsterte. Wie sollte ein staubiges Stück Kunststoff sonst in ein blankes Bad im dritten Stock kommen? Ich schloss das Fenster, obwohl ich die frische Luft beim Duschen und anderen Verrichtungen in diesem Raum nach Wochen mit einem winzigen, fensterlosen Badezimmer sehr schätzte.

Im Spiegel betrachtete ich die Schramme auf meiner Wange. Ich musste mich am Stamm der Platane aufgekratzt haben, der meinen Sturz freundlicherweise gebremst hatte. Ich klebte doch ein Pflaster auf den Kratzer (nur zur Sicherheit, wegen der Keime) und putzte die Zähne, um die letzten Kaffeepulverkrümel zu entfernen, bevor ich das Haus verließ. Ich hatte bei den städtischen Verkehrsbetrieben die kürzeste Route von Georgs Wohnung zu unserem Haus mit öffentlichen Verkehrsmitteln recherchiert: ein Bus, zwei Straßenbahnen. Ich schätzte den Weg mit Umsteigen am Hauptplatz auf etwa eine Stunde.

Vor dem Haustor musste ich die Schiebermütze auf meinem Kopf festhalten. Es war immer noch windig, heute jedoch fast mild.

„Wenn diese Vögel Menschen wären, würde man ihnen wenigstens eine Barackensiedlung vor der Stadt bauen", sagte eine alte Dame, die ich auf dem Gehweg traf. „Uns hat man damals Baracken gebaut, als wir umgesiedelt wurden, Baracken aus Holz, Schutt, ein paar Riemen und

Wellblech, im Winter nach dem Krieg. Und nichts zu beißen, nichts zu heizen. Da gibt's heute andere Standards."

Der Höflichkeit halber blieb ich stehen, ich hatte genug Zeit, bis der Bus fuhr. „Wohncontainer", meinte ich. „Die lassen sich praktisch stapeln und haben eine integrierte Nasszelle."

„Uns wollte auch niemand haben", sagte die Frau. „Wir sind trotzdem geblieben. Haben uns nicht mehr vertreiben lassen."

Über uns machten die Krähen knatternde Geräusche, sie klangen heiser von der Klage über den Flitterkram in ihrem Baum, vom Beratschlagen, was jetzt zu tun sei und wie sie den lästigen Lichtblitzen der Spiralen am besten ausweichen sollten. Einige Vögel hatten sich in der kleineren Platane vor der Seniorenresidenz niedergelassen, sie hüpften nervös von Ast zu Ast. Es sah aus, als würde ein Krähenpaar nun in diesem Baum damit beginnen, das Fundament für ein Nest in die obersten Äste zu bauen. Der Baum war deutlich weniger stark gewachsen als der daneben. Stritten sich die Vögel etwa um die raren stabilen Astgabeln? Oder warnten die Artgenossen das emsige Pärchen vor der wackeligen Konstruktion, der man keineswegs vertrauen sollte?

„Die werden nicht schlauer", sagte die Frau.

Mir war nicht ganz klar, ob sie die Krähen oder die Menschen meinte. Die Frau raffte ihren weiten, pelerinenartigen Mantel zusammen, um durch das schmale Gartentor der Seniorenresidenz zu treten. Für einen Moment dachte ich, sie verstecke einen Bogen unter dem Mantel, einen schönen, elegant geschwungenen Sportbogen aus Holz, einen Bogen, mit dem man Pfeile mit Befiederung am Schaftende abschießt und der durchaus in Konkurrenz zu einem Sportkletterer vom Alpenverein treten kann.

Nachdem ich um die Ecke gebogen war und die umkämpften Platanen endlich hinter mir gelassen hatte, bemerkte ich die anderen Vögel. Vor allem Amseln und Spatzen bevölkerten die Büsche der Vorgärten und sangen miteinander in den lichten Himmel und gegeneinander um die Weibchen. Alle Schönheit hat einen Zweck in der Natur. Selbst schwarze Federkleider konnte man schön finden. Nicht nur, falls man wie ich frisch aus einem vorwiegend weißen Krankenhaus kam. So geballt hatte Weiß etwas Aufdringliches und Unheimliches, das zudem die Orientierung durcheinanderbrachte, weil ich mich ständig durch Wolken und Nebel zu tasten schien. Da nützte kein beiges Bad mehr. Außerdem stand das Fehlen jeder Farbe nicht allen so gut wie Schwester Edith. Die meisten macht Weiß furchtbar blass. Vor Beige sieht man noch schlechter aus. Meine Sorge um Schuster war daher vermutlich unbegründet.

Ich passierte eine Bushaltestelle und eine weitere. Ich spürte keine Müdigkeit, auch wenn die Beine aus Mangel an Übung etwas steif waren. Über mir zwickten zwei Krähen dünne Zweige von einer Birke ab. Nachschub an Baumaterial, überall wurde gearbeitet und instand gesetzt. Der Bus überholte mich und wirbelte Staub auf, der in der Sonne tanzte. Zum ersten Mal in diesem Jahr wurde mir bewusst, dass Frühling war. Und ich der Bär, der schlaftrunken von der Winterruhe, völlig abgemagert und steif auf den ungelenken Beinen aus seiner weißen Höhle in die Welt tappte, die sich einen Winter lang ohne ihn weitergedreht hatte. Mein Magen knurrte bereits, als ich in die erste Straßenbahn stieg.

Am Hauptplatz setzte ich mich auf eine Bank und schloss die Augen. Ich spürte das Rauschen des Blutes in den Adern. Ich fühlte die Bewegungen um mich herum, den Luftzug, den die Menschen verursachten und der mich sacht streifte, wenn jemand schneller vorüberging. Viele gingen schneller. Die meisten hatten es eilig. Ich hörte die Straßenbahnen ankommen, wieder in alle Richtungen abfahren und warnend klingeln, wenn jemand zu knapp vor der anfahrenden Bahn über die Gleise sprang. Fetzen von Gesprächen blieben in der Luft hängen.

„Doch, hat er gesagt. Er steht mit leeren Händen da."

„Sie verlässt ihn, obwohl Thailand geil war."

Kurz lag ich am Strand, wartete auf die nächste Welle und ließ den Sand durch meine Finger rieseln, bis die Hand leer war. Manchmal ergaben sich die Zusammenhänge einfach so, ohne viel Anstrengung.

Es roch nach warmem Maschinenöl (von den Straßenbahnen) und nach gebratenen Würsten. Ich musste vermuten, dass dieser Duft der Grund war, warum mein Magen immer lauter knurrte. Ein Bärenmagen lässt sich eben nicht mit dünn gebuttertem Toast und Bananen abspeisen. Oder mit gedämpfter Schonkost aus der Krankenhausküche.

„Ein Schweinsbraten, Herr Höch, mit Kraut und Knödeln und viel dunkler Sauce. Starkbiersauce! Das ist doch das Schönste am Winter", hatte Schuster gesagt, seine Frau weigere sich aber, ihm einen zu kochen und zu bringen. „Vielleicht könnten Sie mal mit Ihrer Frau sprechen?", versuchte Schuster.

„Wie wäre es mit einem Lieferservice?", schlug ich vor. Denn Eva rümpfte schon die Nase, wenn sie Fleisch nur von Weitem sah. Sie konnte es nicht riechen. Und der Geruchssinn hat im Unterschied zum Sehen und Hören tatsächlich einen direkten Draht zum Hirn und löst so ungefilterte Emotionen aus, die nur schwer kontrolliert werden können.

„Ein Lieferservice", flüsterte Schuster andächtig, „Sie haben ja wirklich Fantasie. Die braucht man in Ihrem Beruf."

Ich steckte den letzten Bissen Bratwurstsemmel in den Mund, bevor ich in die zweite Straßenbahn stieg. Der Senf war scharf und die Bratwurst salziger, als ich sie in Erinnerung hatte. Ein bisschen Salz lag noch auf der Zunge. So fuhr ich die schnurgeraden Straßen hinaus in die Vororte, um den Handwerkern nach kurzer Kontrolle wohlwollend mein Vertrauen auszusprechen, unter der Voraussetzung natürlich, dass die Dinge flotter liefen und schnellstens fertig würden.

Auf einmal fiel mir ein, dass ich mit diesem Ausflug Evas Vertrauen missbrauchte. Ich hatte versprochen, vorsichtig zu sein. Auf Fahrten mit öffentlichen Verkehrsmitteln (ohne Handschuhe, Mund- und Nasenschutz) traf dieses Adjektiv eindeutig nicht zu. Das Herz in dem mageren Brustkorb begann schuldbewusst zu klopfen. Wie jenes des kleinen Vogels, den ich eines Morgens unter dem Holunderbusch neben dem Gartenschuppen gefunden hatte. Sein Herz in meiner Hand hatte wie verrückt gepocht. Nicht schuldbewusst, sondern in Todesangst.

„Jetzt wird die Vogelmutter ihr Junges nicht mehr annehmen", hatte Georg gesagt. „Weil du es in die Hand genommen hast. Weil es nach Mensch riecht." Und Menschen seien nun mal die schlimmsten Feinde der Vögel. Nach den Katzen.

Ich wusste nicht, ob Vögel gute Riecher sind.

Mit jeder Station schmerzte mein Magen mehr. Er fing an, Geräusche zu machen wie ein gefangenes kleines Tier, er fiepte und grummelte jämmerlich. Bestimmt hatte ich die Bratwurstsemmel zu hastig gegessen. Oder es lag am Espresso, den ich nicht vertrug. Oder an dem Gedanken an Eva. Was, wenn sie mich nicht mehr aufnehmen würde (wie die Vogelmutter ihr Junges), weil ich nun anders roch?! Nach

Krankheit, womöglich sogar entfernt nach Tod. Eva hatte so eine empfindliche Nase. Und dieser Geruch würde sich nicht einfach abwaschen lassen beim Duschen, er würde auch dem Eincremen, den Deodorants und dem Aftershave erfolgreich standhalten. Dieser Geruch würde immer wieder oder zumindest noch eine lange Zeit durchdringen von innen nach außen. Er würde Eva stets daran erinnern, dass meine Zellen zum Wuchern neigten und dass dem nur mit einer gewaltigen Dosis an Chemikalien beizukommen war. Dieser Geruch war eine permanente Drohung, die über uns hängen würde und vor der Eva kaum die Nase verschließen konnte, wenn ich in der Nähe war.

„Du wärst gar nicht mehr da, wenn du nicht an dich glauben würdest", hatte Eva im Krankenhaus gesagt. Es nütze nichts, wenn nur die anderen an einen glauben würden.

„Und es ist doch ein Wunder", hatte Schwester Edith gewispert, als ich von der Palliativstation zurück auf ihre verlegt wurde. Sie hatte tatsächlich „Wunder" gesagt und nach meinem Handgelenk gefasst, um meinen unglaublich lebendigen Puls zu messen.

Ich hatte mittlerweile Bauchkrämpfe. An der vorletzten Station stieg ich aus der Straßenbahn und bog um die Ecke. Unsere Straße lag im blendenden Sonnenschein, kein Busch am Bankett oder in einem Vorgarten war groß genug oder hatte genügend Laub, damit ich mich für ein dringendes Geschäft dahinter oder darin hätte verstecken können. Ich beschleunigte die Schritte, wünschte mich zurück ins Krankenhaus mit seinen menschenleeren Waschräumen am Ende des Ganges. Manchmal ist man in der Tat nur Verdauung, und es ist erniedrigend, so wenig Herr über seine Gedärme zu sein. Ich sah mich um. Kein Mensch war auf der Straße. Ich rannte die letzten Meter, die Tür des Mobilklos war zum Glück nicht verschlossen, und entleerte den Darm.

„Was bist'n du für'n Vogel", sagte ein stämmiger Mann, als ich aus der blauen Kabine trat, die auf dem Gehweg vor unserem Haus stand. Der Mann hatte seine Hand bereits an der Gürtelschnalle.

„Die Firma schickt mich", sagte ich geistesgegenwärtig.

„Welche Firma?" Der Gürtel des Mannes war nun offen.

Ich schaute weg. „Sprenger!"

Es war reiner Zufall, dass mir der Name der Firma, die all die Renovierungsarbeiten koordinierte, in diesem Moment eingefallen war. Eva hatte mir vor gut einem Jahr das Angebot unter die Nase gehalten. Die exakte Summe hatte ich nicht mehr im Kopf, doch sie hatte mir damals ähnliches Bauchweh bereitet wie heute die Bratwurstsemmel oder der Kaffee oder alles zusammen.

„Männer, Inspektion!", brüllte der Mann in Richtung Haus, dessen Tür offen stand und dessen Fenster im oberen Stock mit Folie verklebt waren.

Der Mann verschwand in der windigen, blauen Plastikkabine, die vorgab, eine Toilette zu sein. Mein Magen schmerzte nur noch leicht. Vor dem Haus stapelten sich Säcke mit Feinputz, Farbeimer, Werkzeug, ein Ofenrohr. Im Haus roch es nach Zigarettenrauch, feuchtem Sand und Farbe. Stühle rückten. Weiter hinten wurde ein Radio ausgeschaltet.

Ich rief vom Eingang pauschal in alle Räume „Mahlzeit", weil ich nicht wusste, wie ich Handwerker am späten Vormittag sonst grüßen sollte.

Ein Maler in der Küche, der die Kochinsel gerade mit Plastikfolie abklebte, nickte mir zu und machte weiter. Die beiden Männer im Wohnzimmer hielten inne und schauten zwischen mir und ihrem soeben ausgeschalteten Makita-Radio hin und her.

„Und was machen Sie?", fragte ich.

Der eine kniete auf einem Quadratmeter Steinplatten, die neu am Boden verlegt waren. Ich kannte die Platten nicht.

„Kaminofen", sagte der Mann und zeigte in die Zimmermitte, wo neben dem mit Planen abgedeckten Sofa ein riesiger Karton stand.

„Keine Schamottsteine?", fragte ich etwas enttäuscht.

„Kein Kachelofen, keine Schamottsteine", sagte der Mann.

„Kann ich wieder einschalten?", fragte der andere und drückte den Knopf am Radiogerät. Der Sender spielte

Operettenmusik. Der Mann nahm einen Schluck aus einer Mineralwasserflasche. Nirgends standen verkleckerte Kaffeebecher herum.

In meinem Arbeitszimmer im ersten Stock lehnte ein älterer Mann im blauen Overall in der leeren Fensterhöhle. Er war dabei, ein frisch lackiertes Fenster zurück in seine Angeln zu heben. Plötzlich hatte ich feuchte Augen und konnte nur verschwommen sehen.

„Leider ließen sich nicht mehr alle retten", sagte der Mann, als wolle er sich entschuldigen. „Wir müssen zwei Fensterflügel zur Gänze nachbauen. Oder sogar vier. Sind durch und durch morsch. Die Rahmen ebenso. Die Leute warten immer viel zu lange mit der Renovierung."

Ich hätte jetzt sagen können, dass das Warten nicht unbedingt nur an der Kundschaft lag. Und dass es für mich keineswegs selbstverständlich war, noch lebendig aus den frisch lackierten Fenstern zu schauen. Deshalb war es mir im Grunde genommen völlig gleichgültig, ob die Fenster nur renoviert oder neu nachgebaut waren.

Ich räusperte mich: „Na, dann bauen Sie mal!"

Der drahtige Mann erwiderte, er werde es dem Chef sagen.

Ich sagte: „Ich auch."

Anschließend schaute ich durch ein frisch eingehängtes und schön lackiertes Gangfenster hinaus in den kahlen Garten, in dem kein einziger großer Baum wuchs. Eva hatte gemeint, ein ausgewachsener Laubbaum in einem so kleinen Garten würde nur Schatten machen. Sie wolle lieber ein lichtdurchflutetes Haus und einen hellen Garten. Der beachtliche Holunderbusch am Schuppen, wo ich den jungen Vogel gefunden hatte, hatte die Zeit nicht überdauert. An der Südseite des Schuppens hatte Georg einmal Chilis angepflanzt, eine besonders scharfe Sorte. Aber der Sommer war verregnet, und die Pflanzen verschimmelten. Vielleicht tat ich meinem Bruder ja doch Unrecht, wenn ich ihm die beiden prächtigen Gummibäume in seiner Wohnung nicht zutraute. Ich überlegte, ob ich meine Einschätzung bezüglich Melitta Miller und Georg ebenfalls revidieren müsste. Ich starrte auf die ochsenblutfarben gestrichene Schuppenwand. Früher war sie grau und abgewettert. Neben der Schuppentür mit dem Kreuzspinnennetz lehnte vom Frühjahr bis in den Herbst eine Gießkanne am Holz. Sie war aus blauer Emaille. Sie stand direkt unter dem Wasserhahn, der ständig tropfte. Die Gießkanne hatte damals schon Risse und Rost angesetzt.

Draußen vor dem Haus pfiffen die Vögel, die Sonne strahlte, ich musste niesen vom Licht und husten vom Staub.

„Na, geht's retour ins saubere Büro?", sagte der stämmige Mann, der aus dem Mobilklo trat und, eine Zigarette im Mundwinkel, seinen Gürtel schloss.

„Pollenallergie", antwortete ich und zog zur Bestätigung die Nase hoch.

Ich spürte die Zweifel des Mannes im Rücken, während ich den Weg zur Straßenbahnhaltestelle einschlug. Ich beschleunigte die Schritte.

„Nichts für ungut wegen dem Vogel vorher, Chef", rief er mir hinterher.

Ohne mich umzuwenden, hob ich lässig eine Hand zum Abschied und zur Absolution. Ich zog einen Schlüssel aus der Manteltasche und ließ ihn in der Sonne blinken. Es war Georgs Wohnungsschlüssel, auf die Entfernung könnte es ein Autoschlüssel sein. Inspektoren von Baufirmen fahren nicht mit der Straßenbahn.

Ich sehnte mich nach einem Bett zum Ausruhen und einem Tee für den Magen. Von mir aus auch weißer Tee, um zusätzlich den Geist zu klären. Er konnte ein bisschen Aufhellung vertragen. Auf der Rückfahrt hielt ich mich an Georgs Wohnungsschlüssel fest, als wäre es der Schlüssel zum Paradies und nicht zu Räumen, die mich noch weniger willkommen heißen würden als das Haus, aus dem ich eben kam und von dem ich angenommen hatte, dass es mein Zuhause war. Dafür hatte es sich gerade sehr fremd angefühlt. Ich wusste nicht, ob es an mir oder an dem Haus lag, dass wir uns nicht richtig wiedererkannten. Offensichtlich hatten wir uns beide verändert.

Als ich in die Straße mit den Platanen einbog, begrüßten mich die Krähen. Einige hatten sich auf die Hausdächer verteilt, andere zogen kreischend ihre Schleifen über den Bäumen, wobei ein Vogel mit angewinkelten Flügeln in die Tiefe stieß, um auf halbem Weg zum Grund mit einem akrobatischen Schlenker abzudrehen und wieder in die Höhe zu fliegen. Dieses latent aggressive Verhalten galt jedoch nicht mir, sondern einem Hund. Er saß auf dem Gehweg unter der großen Platane, den Kopf starr in meine Richtung gewandt. Die Vögel kümmerten ihn überhaupt nicht. Neben dem Hund stand eine Frau, die Hände in den Manteltaschen vergraben, den Kopf zwischen die Schultern gezogen vor den Unbilden des Lebens oder vor zu tief fliegenden Krähen.

VII.

Am Morgen hörte ich das Krächzen bloß verhalten. Im Kästchen unter dem Waschbecken im Bad hatte ich eine Packung Ohrenstöpsel gefunden. Der formbare Schaumstoff sorgte für ein leises Rauschen im Innenohr, als läge ich am Meer oder im Krankenhaus, wo die Heizanlage ein ähnliches Geräusch erzeugt hatte. Ich entschied mich für das Meer und ließ mich eine Weile treiben. Es war noch dunkel draußen. Vermutlich war es die ungewohnte Ruhe, die mich so früh geweckt hatte. Oder der hypnotische Blick, der bestimmt schon länger auf mich gerichtet war und der mir bei jeder Bewegung folgte, als ich nun aufstand und mich anzog.

„Benno geht gern früh raus, er ist es so gewohnt", hatte Frau Schuster gesagt. „Emanuel ging immer um sechs Uhr mit ihm, vor der Arbeit liefen die beiden fast eine Stunde."

Frau Schuster hatte rote Augen vom Weinen, gefärbte Haare und alles für den Hund im Auto dabei. Leine, Napf,

Futter, Bürste, ein Bündel kleine schwarze Tüten und den Gesundheitspass vom Tierarzt. Wir saßen am blanken Küchentisch, tranken weißen Tee, und ich versuchte, mich damit vertraut zu machen, dass Schuster Emanuel geheißen hatte und mir seinen Hund vererbte.

Frau Schuster schnäuzte sich. „Das kam nun doch überraschend."

Es erschien mir pietätlos nachzufragen, ob sie den Tod ihres Mannes meinte oder dass Benno zu mir kommen sollte. Die Adresse von Georgs Wohnung hatte sie von Eva. Frau Schuster hatte in der Praxis angerufen.

„Ich wollte Ihnen das alles persönlich sagen, nicht am Telefon. Mein Mann war so dankbar, dass er Sie kennengelernt hat. Seine letzten Wochen hätte er sich nicht besser vorstellen können wie mit Ihnen als Freund und Zimmernachbar. Und Emanuel sagt nie etwas, wenn er es nicht ehrlich meint. Die Unterhaltungen mit Ihnen haben ihm so viel bedeutet."

Ich nickte, ehrlich gerührt über so viel Vertrauen und Zuneigung, die ich beide sicher nicht verdient hatte.

Sie nehme Benno natürlich wieder mit, wenn mich das überfordere, sagte Frau Schuster leise. Sie würde es verstehen, wenn ich mich regelrecht überfallen fühlte mit dem Hund. Er sei aber sehr pflegeleicht und habe ein freundliches Wesen.

„Nein, nein, wir versuchen das", erwiderte ich. Was hätte ich auch sonst sagen sollen?

Ich wollte Frau Schuster nicht noch mehr verletzen, als der Tod ihres Mannes es schon getan hatte. Und vielleicht die Tatsache, dass ich seinen Hund bekommen sollte. Frau Schuster hatte erneut zu weinen begonnen. Ich weinte mit ihr und sagte im Stillen zu Schuster auf seiner letzten Reise: Ich heiße übrigens Alexander, und schau, Emanuel, es geht. Ich kann noch weinen. Siehst du es? Ich weine. Um dich, um mich! Aber wie zum Teufel kommst du auf die dämliche Idee, dass dein Hund und ich uns verstehen würden? Ich verstehe überhaupt nichts von Hunden, ich mag sie nicht mal! Hunde sind anhänglich und langweilig.

Ich schaute auf die Zeitanzeige am Mobiltelefon. Zehn nach sechs. Ich schaute auf den Hund, der mich an- und zugleich durch mich hindurchsah wie durch ein Möbelstück. Etwas, dessen Existenz selbstverständlich ist, völlig uninteressant eigentlich und gleichzeitig durchaus brauchbar. Als ich auf die Garderobenablage griff, wo ich Georgs wollene Schiebermütze normalerweise ablegte, war das Brett leer. Mir fiel wieder ein, dass ich gestern ohne Mütze und mit kaltem Kopf heimgekommen war. Ich musste sie verloren haben, beim Rennen wegen der Notdurft oder später in der Straßenbahn. Ich versuchte mich umsonst zu erinnern, ob ich die Mütze da noch aufgehabt hatte. Also zog ich einfach die Kapuze des Sweatshirts über den Kopf, hakte die Leine ins Halsband und verließ mit Gefolge die Wohnung.

Seitdem der Hund angeleint war, würdigte er mich keines Blickes mehr, was mir sehr recht war. Schließlich sind Blicke, die durch einen hindurchgehen, ähnlich schwer einzuordnen wie Augen, die fast dieselbe Farbe wie die Haare haben. An Melitta Miller und ihre Reaktion auf den Hund dachte ich erst jetzt. Selbstverständlich würde sie das Tier gleich heute hinausschmeißen, es zurück zu Frau Schuster bringen oder, falls nötig, persönlich ins Tierheim eskortieren. Denn Hunde machen Dreck, sie passen nicht in makellose Wohnungen. Männliche Hunde heben, wenn auf ihre körperlichen Bedürfnisse nicht rechtzeitig Rücksicht genommen wird, womöglich ihr Bein an großen Tontöpfen, in denen prächtige Gummibäume gedeihen.

Frau Schuster hatte gesagt, ich könne sie jederzeit anrufen, falls es nicht klappe mit Benno. Sie würde ihn sofort abholen. Ich solle uns (dem Hund und mir) ein paar Tage Zeit geben und dann entscheiden.

Allerdings hatte ich Frau Schuster verschwiegen, dass ich gar nicht allein entscheidungsbefugt war. Nicht im Haus, wenn die Renovierung dort jemals abgeschlossen werden sollte, und nicht hier in der Wohnung. Melitta Miller war ohnehin schon misstrauisch, sie hielt mich vermutlich sogar für einen Verräter, verdächtig durch mein mangelhaftes Engagement bei der Krähenabwehr. Zumindest hielt sie mich für einen Aufschneider, was meine Kenntnisse bezüglich der Pflanzenpflege betraf.

Um sie vom Schlafzimmer und den Fundstücken unter der Überdecke fernzuhalten, hatte ich angekündigt, mich um dieses Zimmer ganz allein zu kümmern. Inklusive Gummibaum.

„Sind Sie sicher?", hatte Melitta Miller in einem Ton gefragt, als ob das Gießen einer Zimmerpflanze eine Herausforderung sei, der beileibe nicht jeder gewachsen ist, eine Aufgabe, die viel Erfahrung sowie besonderes Fingerspitzengefühl voraussetzt.

„Ich wäre beinah Baumdoktor geworden", gab ich gekränkt zurück.

„Diese Pflanzen sind Ihrem Bruder wirklich viel wert", betonte Melitta Miller, sie hatte ihre rotbraunen Augen direkt auf mich gerichtet. Ich meinte, darin eine Mischung aus Ungläubigkeit, Zweifel und angespannter Wachsamkeit zu sehen. Der Blick eines Wildtiers, wenn es eine Gefahr wittert, sie jedoch nicht sehen beziehungsweise richtig einordnen kann. Vielleicht war es auch der Blick einer Jägerin, die ihr unachtsames Opfer gerade genauer ins Visier nahm.

Nach zwei Häuserblocks war ich müde und kehrte um. Der Hund hatte seine Geschäfte verrichtet und trottete wieder im stets gleichen Abstand neben meinen Beinen dahin.

Ich hörte die Begeisterung der Krähen, lange bevor ich sie sah. Die morgendliche Fütterung hatte begonnen. Ich hoffte, dass Melitta Miller irgendwo in einem der Häuser rundherum mit Ohrenstöpseln aus anpassungsfähigem Schaumstoff schlief und nicht aus dem Fenster sah. Vor der Seniorenresidenz warf eine Gestalt im weiten Mantel helle Brocken hoch über ihren Kopf. Die geschicktesten Vögel fingen einzelne Stücke gleich aus der Luft, andere hüpften über den Gehweg und füllten sich den Kehlsack. Es waren ungefähr ein Dutzend Vögel, auf jeden Fall mehr, als derzeit im Baum hausten. Sobald sie den Hund und mich sahen, erhoben sie sich und flogen schimpfend davon. Manche Äußerungen der Krähen erklärten sich doch von selbst.

Die alte Dame drehte sich um und legte den Finger an ihre Lippen. Dabei verursachten weder der Hund noch ich hier in aller Herrgottsfrüh solchen Lärm.

„Käse mögen sie am liebsten", flüsterte die Frau und warf einen Brocken in Richtung Hund, der ihn geschickt mitten im Flug schnappte. Es überraschte mich, wie schnell er sich bewegen konnte, wenn er wollte. Die Frau winkte mich näher heran, um leise weiterzusprechen: „Wir sammeln ihn beim Frühstück und beim Abendessen. Aber unsere Leiterin beobachtet uns und spioniert uns hinterher. Sie glaubt uns nicht, dass wir auf einmal so gerne Käse mögen. Er schmeckt wie Radiergummi."

„Ach", sagte ich, „Sie sind mehrere?"

Die Frau meinte: „Vier. Und wir werden mehr." Sie stockte kurz und betrachtete Benno. „Ist das Ihrer? Ich sah Sie bisher nie mit Hund."

„Geerbt", sagte ich und wunderte mich über die lückenlose Überwachung in dieser Straße.

„Du bist ein Braver", sagte die Frau und bohrte in den Taschen ihres pelerinenartigen Mantels. Dem Hund warf sie einen weiteren Käsebrocken hin. Mir hielt sie zwei silbern glänzende Spiralen unter die Nase, als sollte ich ebenfalls danach schnappen.

„Wir lassen uns von solchem Tand nicht verjagen. Da, nehmen Sie, ich kann sie nirgends verstecken."

Gehorsam nahm ich die Spiralen entgegen und hob den Blick in den Baum, der stolz und würdevoll vor mir aufragte. Er schien heute weniger zu glitzern, was genauso gut am schalen Morgenlicht liegen konnte.

Im Arbeitszimmer öffnete ich das Notebook, damit es nicht bloß nutzlos auf dem gläsernen Schreibtisch dahintrieb. Es seufzte beim Starten.

Ich ergänzte beim Absatz über die Saatkrähen nach *Allesfresser*:

(Käse mögen sie am liebsten.)

Ich tippte weiter:

Tand

Altmodisches Wort für nutzloses, meist wertloses Zeug. Herkunft vermutl. vom mittelhochdeutschen „tant" für Geschwätz, Unsinn. Tandaradei.

In Georgs Wohnung gab es keinen Tand. Alles hatte in den vier Zimmern seinen Nutzen, seinen Zweck, seinen

Sinn. Der gläserne Schreibtisch, die Regale an den Wänden, der Lesesessel mit der Lampe daneben. Es war nur ein einzelner Sessel, bei zwei Sitzgelegenheiten nebeneinander hätte das Vorstellungsvermögen ja von einer möglichen Unterhaltung ausgehen müssen, die hier geführt würde. Aber so gut wie jede Kommunikation war anfällig für Missverständnisse, für leeres Geschwätz und kolportierte am Ende noch Unsinn. Das stellte ihren Nutzen für Georg wohl erheblich infrage und war am Ende doch meist vertane Zeit. Deshalb hatte er auch kein Sofa, um drauf herumzulungern oder tagsüber ein Schläfchen zu halten. Ich versuchte mir vorzustellen, wie sich mein Bruder und Melitta Miller in dem Zimmer unterhielten. Er am eiskalten Schreibtisch, sie auf dem Sessel neben dem Fenster. Wahrscheinlich setzte sich Melitta Miller gar nicht. Jedenfalls fehlte mir diesbezüglich die Vorstellungskraft. Wenn ich die beiden fragen würde, hätten bestimmt sogar die Gummibäume einen Nutzen. Sauerstoffproduktion für das Raumklima zum Beispiel oder eine beruhigende Wirkung bei Stress und Überarbeitung. Phlegma steckt eben an.

Der Hund lag vor dem bodentiefen Fenster in der Sonne und machte dem Gummibaum Konkurrenz. Die Krähen ließen sich nicht mehr von ihm stören. Zwei Vogelpaare beschäftigten sich wieder mit dem Nestbau, sie flogen fleißig Zweig um Zweig daher, um einen nach dem anderen kunstvoll mit dem begonnenen Fundament hoch in den Ästen zu einem Nest zu verflechten. Ein drittes Paar hatte sich trotz aller lautstarken Warnungen oder Eifersüchteleien für den kleineren Baum daneben entschieden. Der ständige Austausch der Vögel schien die Gemeinschaft zusammenzuhalten und sie ein stückweit zu organisieren. Ohne das Gekrächze, nahm ich an, würden deutlich mehr Federn fliegen beim Gerangel um die besten Plätze im Baum und beim Fressen.

Ich zählte nur noch elf reflektierende Spiralen in der großen Platane. Sie hingen alle weiter unten im Geäst und störten die Vögel nicht. Das würde Melitta Miller kaum freuen. Ich hatte keine Ahnung, ob die Krähenunterstützer, die sich ebenso formiert hatten wie die Vogelabwehr, ihrerseits einen Sportkletterer dafür angeheuert hatten, im Schutz der Nacht einen Teil der Lichtreflektoren zu entfernen, oder ob die Krähen selbst den dünnen Draht durchbissen und den Flitterkram wie Lametta an Weihnachten zu Boden segeln ließen.

Ich tippte:

Resilienz

Im Grunde von Krähen erfunden. Negative Einwirkungen von außen bringen das System nicht zum Zusammenbruch, das Vorhaben nicht zum Stopp. Notwendig für solche Widerstandsfähigkeit: sozialer Zusammenhalt plus Vorstellungskraft.

Ich unterstrich das Wort doppelt, *Vorstellungskraft*, es erschien mir ähnlich wichtig wie *Handlungsbedarf* und unbedingt damit verbunden zu sein, wenn man Wichtiges erreichen oder durchsetzen wollte. Das hätte ich den Krähen gar nicht zugetraut. Eine Vorstellung zu haben, geht immerhin weit über reine Instinkte hinaus, die auf das Überleben der Art und des einzelnen Individuums zielen. Ich dachte an Schuster und seinen Überlebensinstinkt. Vermutlich hatte er sich zu sehr ablenken lassen von seiner Krankheit, seine Vorstellungskraft nicht genug darauf konzentriert, sie zu bekämpfen und weiterzuleben. Nächste Woche war die Beerdigung.

Das melodische Klingeln an der Tür schreckte mich auf. Auch der Hund hob den Kopf. Zum ersten Mal, seit er hier war, schaute er mich direkt an. Ein bisschen ratlos.

Haustiere seien weit mehr als unsere Spiegel, hatte Schuster im Krankenhaus gesagt. Benno besonders, er könne Missstimmungen spüren, bevor man selbst davon nur eine Ahnung habe. „Ich vermute ja, der Hund riecht die Stimmungen", meinte Schuster.

Um Missstimmungen von vornherein zu vermeiden (mit Melitta Miller oder mit Eva, eine von ihnen würde gleich in der Wohnung stehen), brachte ich den Hund ins Schlafzimmer und schloss die Tür. Ich machte mir keine Sorgen, dass der Hund bellte, er würde sich aufs Bett legen und dort mit dem kleineren Gummibaum in Sachen Phlegma wetteifern.

Ich öffnete die Wohnungstür und wartete. Im Treppenhaus rasselte der Lift.

Vielleicht tue ich dem Hund Unrecht, überlegte ich. Womöglich handelt es sich in seinem Fall gar nicht um Phlegma, und er ist gar nicht langweilig, sondern hat nur eine depressive Verstimmung wegen der dauernden Abwesenheit von Schuster. Das ist bei Mensch und Haustier ähnlich wie in einer dauerehigen Beziehung. Man gewöhnt sich rettungslos aneinander. Und wenn der oder die andere dann länger fehlt, lässt sich die Lücke nicht mit jedem Beliebigen einfach stopfen. Ich versuchte probeweise, Eva und den Hund gemeinsam zu denken. Es gelang nicht. Schon gar nicht in einem frisch renovierten Haus mit frisch abgezogenem und mehrfach geöltem Dielenboden. Hunde können ihre Krallen nicht einziehen. Ein Fuchs kann das, um sich lautlos anzuschleichen. Hunde bringen Dreck ins Haus und hinterlassen immer irgendwelche Spuren. Der Fuchs verschwindet spurlos im Dickicht des Waldes. Er lässt höchstens ein paar Federn seines Opfers zurück.

Ein Mann im grauen Overall mit schwarzem Koffer in der Hand trat aus dem Lift. „Guten Tag, Firma Finding, ich komme zur Montage."

Der Mann hatte geklingelt. Darüber konnte ich mich nicht beschweren, aber vorbereitet war ich nicht.

Der Mann zog die richtigen Schlüssel aus meinem Gesicht. „Hat Frau Miller Sie nicht informiert?"

„Ach", sagte ich und fühlte mich sofort wieder vernachlässigt. Ich war mir sicher, dass sie keinen Handwerkertermin erwähnt hatte. Und war heute nicht Sonntag?

„Ich weiß ja, wo das französische Fenster ist", sagte der Mann, und da erkannte ich ihn: Es war derselbe Mann, der vor wenigen Tagen im schwankenden Krähennest eines Steigers gelehnt und Flitterkram in den Baum gehängt hatte.

Auf dem Parkettboden im Arbeitszimmer klappte er seinen Koffer voller Gerätschaften, Gefäße und Werkzeuge auf und erklärte, er sei Fachmann für Tierabwehr. Einen Steiger, um die verlorenen Reflektoren zu erneuern, habe er so kurzfristig nicht bekommen. Dafür werde er zusätzlich Ultraschall vor dem Fenster montieren. „Am besten funktioniert die Vergrämung, wenn die Sender auf Höhe der Schlafplätze der Vögel angebracht werden. Oder zwischen Schlafplatz und Futtergrund", sagte der Mann. Ich müsse mir keine Sorgen machen, diese Schallwellen seien für Menschen nicht wahrnehmbar. Nur für die Vögel da draußen werde es richtig unangenehm. Wie eine permanente Druckwelle.

Eine halbe Stunde später waren drei Kästchen mit Kabelbindern sorgfältig am Gitter vor dem bodentiefen Fenster befestigt.

Zum Abschied hatte der Mann mir die Hand gegeben. Ich hatte schon lange niemandem mehr die Hand gegeben. Der Hygiene und der Sicherheit wegen. Ich schaute von der mageren Extremität, die keine noch so hungrige Krähe interessieren würde, hinaus in den Baum und wartete auf eine Wirkung des Ultraschalls. Nichts passierte. Die Krähen waren gleich zurückgekehrt, nachdem der

Störenfried am Fenster verschwunden war. Sie flogen hin und her und bauten weiter an den Nestern. Nach ein paar Minuten fing jedoch der Hund im Schlafzimmer an zu winseln, kurz darauf bellte er. Tief, laut und rau. Die Krähen flogen verschreckt hoch aus ihrem Baum.

Ich tätschelte dem Hund beruhigend den Kopf. Er winselte leise, zog den Schwanz ein und verschwand Richtung Küche, wo ich ihm seinen Napf hingestellt hatte. Hätte ich nur ein klitzekleines bisschen Vorstellungskraft (oder mehr Empathie?) gehabt, hätte ich sofort wissen müssen, dass der Hund auf die Schallwellen reagieren würde. Ich musste nicht viel recherchieren, um zu erfahren, dass Ultraschall oft zur Tierabwehr eingesetzt wird. Gegen Katzen, Marder, Vögel und sic: Hunde. Allerdings können Hunde mit ihrem empfindsamen Gehör bleibende Hörschäden davontragen. Genauso wie viele Wildtiere (außer Vögel). Das hatte Melitta Miller sicherlich nicht bedacht, als sie den Mann beauftragte: dass das Reh, der Fuchs, der Jagdhund mit den fliegenden Schlappohren, die ihr immer lautlos folgten oder vorausliefen, ebenfalls Schaden nehmen könnten. Also öffnete ich das Fenster im Arbeitszimmer, beugte mich tief über das Geländer des Schutzgitters und suchte einen Knopf oder Regler an den Kästchen, mit dem man sie ausschalten konnte. Ich fand keinen.

Drei Stockwerke weiter unten auf dem Gehweg stand eine kleine Gruppe. Eine Frau mit rotbraunen Haaren, eine mit kurzen blonden, ein Mann mit sportlich kariertem Lodenhut und einer mit wilder grauer Mähne wie ein Wolf. Die Frau mit den rotbraunen Haaren zeigte in den Himmel, der lichtblau war, wie es sich gehörte für einen schönen Tag Ende März. Auf einmal stand ich neben ihnen und schaute wie die anderen dorthin, wo vor dem lichten Blau ein paar schwarze Vögel ihre Kreise drehten und sich berieten, was jetzt zu tun sei.

„Das mit den Silberspiralen hätten wir uns sparen können", sagte die Frau mit den rotbraunen Haaren.

„Jetzt müssen wir abwarten", sagte der Mann mit dem Lodenhut.

Die Frau mit den kurzen blonden Haaren zeigte unter die Platane: „Die Leute rutschen auf dem Dreck aus, diese Vögel sind gefährlich."

Der Mann mit der grauen Mähne wies auf die Autodächer voller Krähenkot und sagte: „Diese Hinterlassenschaft wird teuer."

„Sie zerstören einfach alles, sie fressen unsere Fensterdichtungen. Und was weiß ich noch. Krankheitserreger übertragen sie außerdem", ergänzte der Mann mit dem karierten Hut.

Der Mann, der neu dazugekommen war, nickte verständnisvoll und bedeckte das kleine Pflaster auf seiner Wange mit der Hand, um nicht selbst den Beweis der Gefährlichkeit der Vögel zu liefern (rutschiger Gehweg). Er dachte dabei an das Stück Gummi, das auf den hellgrau gemusterten Fliesen im Badezimmer gelegen hatte. War es eine losgebissene Fensterdichtung, vom Wind hereingeweht durch das gekippte Fenster? Oder gezielt hereingeworfen im Flug, als Botschaft, die er wieder mal nicht annähernd verstand?

Die Frau mit den rotbraunen Haaren schien das Interesse an der Gruppe und den Vögeln verloren zu haben. Sie starrte zu dem offenen bodentiefen Fenster im dritten Stock, wo über dem Schutzgitter ein Mann hing, als hätten ihn ebendort sämtliche Kräfte verlassen oder als wolle er sich hinabstürzen in die Tiefe und warte bloß auf den Verlust des Gleichgewichts. Ihr Blick weitete sich, das Gesicht wurde so blass, dass der Mann neben ihr die Sommersprossen auf Nase, Wangen und Stirn hätte zählen können. Doch die Frau rannte grußlos weg, bevor er richtig angefangen hatte mit dem Zählen und bevor er ihr Parfum erraten konnte.

„Geht es Ihnen wirklich gut?", fragte Melitta Miller. „Das sah aus –"

„Frühsport", erklärte ich. „Ich mache morgens ein paar Dehnungsübungen an der frischen Luft, ich muss langsam wieder in Form kommen. Das sagt nicht meine Frau, das sage ich. Tut mir leid, dass ich Ihnen einen Schrecken eingejagt habe."

Melitta Miller holte tief Luft und setzte sich an den Küchentisch: „Ich glaube, wir haben es bald geschafft."

„Bestimmt", entgegnete ich, ohne darüber nachzudenken, was denn bald geschafft wäre. Ich war irritiert. Nicht mehr vom „wir", an das ich mich bereits gewöhnt hatte, sondern weil Melitta Miller sich gesetzt hatte. Ich hatte sie noch nie sitzen sehen. Plötzlich wirkte sie angreifbar, fast verletzlich und viel kleiner, als wenn sie stand. Die Sommersprossen waren kaum mehr zu sehen.

Melitta Miller sagte: „Ihr Bruder hat mich angerufen und gefragt, wie es Ihnen geht."

In meinen Hosentaschen klackten die Batterien aus den Ultraschallwellen erzeugenden Kästchen aneinander. Es war nicht leicht gewesen, sie herauszubekommen. Es war auch nicht leicht zu verstehen, warum Georg ständig die Frauen in meiner Nähe fragte, wie es mir ging. Eva, Melitta Miller. Wahrscheinlich telefonierte er zudem mit Lilly in Paris, die mir schon länger kein siegesgewisses Bild mehr geschickt hatte. Warum fragte Georg mich nicht selbst, ob ich noch lebte?

„Und was haben Sie ihm geantwortet?", fragte ich.

Im selben Moment stand Melitta Miller auf, und es zog in meiner Brust wie damals, als ich ein Indianer war und nichts sehnlicher begehrte als den Revolver vom Kaufhaustisch, um meinem Bruder endlich mit ähnlichen Waffen entgegentreten zu können. Das Ziehen in der Brust hatte diesmal nichts mit Georg oder einer Spielzeugwaffe zu tun, eher mit der Tatsache, dass Melitta Millers Arm beim Aufstehen wie zufällig über meinen streifte.

„Traumatische Ereignisse wie eine schwere Krankheit können Auswirkungen auf die kognitive Leistungsfähigkeit haben", hatte Eva gemeint.

Melitta Millers rotbraune Augen musterten mich ungeniert. „Sie sehen jeden Tag besser aus, Herr Höch, der Kampf tut Ihnen gut."

Ich hätte längst erkennen müssen, dass jedes Zugeständnis, jede Berührung ein Fehler war, dass damit Grenzen überschritten wurden, hinter denen mich Fallstrick um Fallstrick erwartete. Private Schlingen und solche in Bezug auf den Krähenkrieg. Hier wie dort konnte es gefährlich werden, zwischen die Fronten zu geraten.

Nun kippte Melitta Millers Blick durch mich hindurch wie jener des Hundes. „Was ist das?", fragte sie ungerührt und kühl wie stets, wenn es nicht um die Vogelabwehr ging. Sie zeigte auf den leeren Futternapf am Boden.

Ich hatte zwar den Hund wieder im Schlafzimmer versteckt, als Melitta Miller unten auf der Straße in Richtung Haustor losrannte, aber nicht seinen Napf weggeräumt. Die kognitive Leistungsfähigkeit ließ definitiv zu wünschen übrig. Weil es keinen Zweck hatte, Frauen wie Melitta Miller anzulügen, erzählte ich, dass ich den Napf geerbt hätte, gemeinsam mit dem Hund dazu.

„Ich mag keine Hunde", sagte Melitta Miller, als Benno gleich darauf groß und gelb vor ihr stand und leise zu knurren begann, als würde er ein wildes Tier in der Nähe wittern.

Ich legte dem Hund die Hand auf den Kopf. Er bellte kurz auf, tief und rau. Von draußen schnarrten die Krähen zurück. Zwei hatten sich gerade in der Platane niederlassen wollen, sie überlegten es sich anders und drehten ab.

Melitta Millers Blick wanderte ein paar Mal zwischen dem Fenster und dem Hund hin und her. „Wobei", sagte sie schließlich, „ein Hund kann nicht schaden zur akustischen Verstärkung der Ultraschallwellen." Dagegen könne niemand etwas sagen. Gegen einen Hund, soweit er es nicht übertreibe mit dem Bellen, gebe es keine rechtliche Handhabe. Sie machte eine Kopfbewegung in Richtung Seniorenresidenz. „Alte Leute mögen Hunde."

Nachdem Melitta Miller gegangen war, sagte ich zu dem Hund, der gelangweilt vor dem großen Gummibaum lag: „Wie kommen wir da nur wieder raus?"

Der Hund ignorierte mich.

Hinter dem Pflanztopf schaute das Blau der Gießkanne heraus. Ihre rissige Emaille hatte gut an die abgewetterte Schuppenwand im Reihenhausgarten gepasst. Vor der grauen Holzwand hatte die Kanne geleuchtet wie ein mondäner kleiner Swimmingpool. In Georgs makelloser Wohnung musste sie ihre Schäbigkeit hinter einem Pflanztopf verstecken. Ich hob die Gießkanne heraus und stellte sie vor den prächtigen Gummibaum. Danach holte ich die Filzpantoffel, die unter der Überdecke auf der unbenutzten Seite des Bettes lagen (neben einem unerschütterlich grünen Blatt, einem Pfeil, zwei Silber-

spiralen und den Batterien aus den Ultraschallgeräten).
Mit der weichen Oberseite der Filzschuhe polierte ich die
Blätter des Gummibaums auf Hochglanz. Anschließend
fotografierte ich das ungleiche Paar mit dem Mobiltelefon:
die schäbige Kanne vor der glänzenden Pflanze.

„Es geht uns gut. Dein Bruder A.", schrieb ich zu dem
Foto und schickte es an Georg.

Er antwortete verblüffend schnell, trotz Tausender
Kilometer, die zwischen uns lagen: „Just a sentimental
journey. Auch die Spinne ist da. Fast wie daheim. Schon
gesehen? PS: Ist die Pflanze echt?"

VIII.

In meiner Hosentasche vibrierte das Mobiltelefon. Schuster!, dachte ich sofort, und dann traf mich die Erkenntnis, dass Schuster nicht zurückrufen würde, völlig unvermittelt. „4 entgangene Anrufe", meldete das Gerät, der letzte Anruf vor einer halben Stunde. Nein, auf die Technik war kein Verlass mehr. Ich drückte auf Rückruf.

„Du hast Nerven!", sagte Eva ungewöhnlich scharf.

Ich schwieg lieber und wartete ab. Hatte Frau Schuster ihr von dem Hund erzählt? Oder war es Melitta Miller gewesen?

„Wo warst du vorher?!", fragte Eva. Es klang vorwurfsvoll. „Machst die Tür nicht auf, gehst nicht ans Telefon." Ob ich mir vorstellen könne, was in ihrem Kopf vorgehe, wenn sie da vor der Tür stehe und vergeblich klingle. Dabei habe sie extra einen Termin verschoben, das sei nicht einfach gewesen.

„Ich schlafe jetzt mit Ohrenstöpseln", meinte ich arglos. Es war keine Lüge, obwohl ich an diesem Nachmittag keineswegs geschlafen hatte, sondern im Supermarkt war. Oder hatte die Türklingel tatsächlich (wie das Mobiltelefon) eine Art Wackelkontakt?

„Mit Ohrenstöpseln!?", wiederholte das Echo ungläubig. „Wieso das denn?"

Ich öffnete das bodentiefe Fenster und hielt Eva im Mobiltelefon in Richtung Platane. Dort krächzten die Krähen, ihre rauen Stimmen knatterten und schrien kehlig. Je länger ich sie beobachtete und ihnen zuhörte, desto sicherer war ich mir, dass sie zwar alle gleich aussahen, aber jeder Vogel eine andere, eine eigene Stimme hatte. Die Vögel versammelten sich für die Nachtruhe im Baum. Es waren mindestens zehn, eher zwölf. Da draußen musste in der Tat etwas sein, das Halt gab und für das es sich lohnte, Widerstand zu leisten und hartnäckig zu bleiben.

„Das ist die Ruhe, die du mir verordnet hast. Ich wohne mitten in einer Krähenkolonie", sagte ich ins Telefon. „Die Vögel haben sich ständig etwas zu sagen, im Gegensatz zu vielen Menschen", fügte ich hinzu. „Und es werden täglich mehr. Morgens und abends ist es besonders schlimm. Ich kann nicht schlafen."

Sowohl dauerhafter Schlafmangel als auch permanente Lärmbeschallung können wie eine schwere Erkrankung irgendwann zu einem psychischen Ausnahmezustand führen beziehungsweise einen solchen noch verstärken. Eva müsste das eigentlich wissen.

Sie seufzte nur, es klang erleichtert. Das sei ja wie früher bei den Waltons, wenn sich abends alle „Gute Nacht" durchs Haus zuriefen, meinte Eva: Gute Nacht, John-Boy, gute Nacht, Elizabeth, gute Nacht, Ben. Dabei ginge es gar nicht darum, „Gute Nacht" zu sagen. Die Familienmitglieder versicherten sich so gegenseitig, dass sie da seien und dass es ihnen gut gehe, allen Widrigkeiten zum Trotz, die vielleicht von außen über sie hereinbrechen. „Das machen die Krähen wohl nicht anders", sagte Eva. „Das ist sozial. Und ist doch schön, dass du nicht mehr allein bist."

Es dauerte eine Weile, bis ich den Hund registrierte, der mit etwas Abstand aufrecht im Zimmer saß und der vermutlich die ganze Zeit durch mich hindurchgesehen hatte. Ich hatte seine abendliche Ausgehzeit überzogen, während ich mit Eva telefonierte und stur darauf beharrte, die vielen Waltons gar nicht zu kennen. Wir hatten zu der Zeit, als die Serie lief, keinen Fernseher gehabt.

Ich hätte Eva gegenüber stattdessen darauf beharren sollen, dass ich keine Krähe war und deshalb nicht Teil des Sozialverbands vor dem Fenster sein oder werden könnte. Und dass ich andererseits keinesfalls Teil der Konfrontation mit den gefiederten schwarzen Zuwanderern sein wollte, welche die vermeintlich angestammte Spezies in der Straße (Menschen) angezettelt hatte. Angeführt von einer Frau mit rotbraunen Haaren und Augen wie ein Fuchs.

Der Hund erhob sich und ging Richtung Wohnungstür. Ich trottete folgsam hinterher. „Ist doch schön, dass du nicht mehr allein bist", sagte ich zu ihm. Oder zu mir.

Auf der Garderobenablage griff ich wieder ins Leere. Womöglich hatte ich Georgs Schiebermütze gar nicht verloren, sondern irgendwo im Haus, auf der Baustelle abgelegt, um unbewusst ein Stück von mir dort zu lassen. Ein Mahnmal, das die Handwerker daran erinnerte, dass jemand von der Firma genau in den Kalender schaute und penibel die Stunden mitzählte, bis sie fertig wurden. Weil Zeit schließlich Geld ist. Damit kriegt man sie alle.

„Wenn man die Handwerker allein lässt, läuft es plötzlich", hatte Eva vorher noch gesagt. Das hätte sie niemals erwartet.

Schon zwei Schritte außerhalb des Haustors fror es mich erbärmlich an Kopf und Ohren. Es war sternenklar und kalt. Ich war zu faul gewesen, die Kapuzenjacke anzuziehen. Unter den Platanen blieb ich stehen und schaute hinauf in die Äste. Nur mit viel Fantasie konnte man drei dunklere Knäuel weit oben in den Kronen erkennen. Es waren die halb fertigen Nester. Ein Vogelpaar hatte heute ein viertes Nest begonnen, das ich im Dunkeln nicht sehen konnte. Ich hatte Eva gegenüber etwas übertrieben. Von einer Kolonie war das weit entfernt. Melitta Miller würde es trotzdem nicht freuen, dass es in den Platanen ebenfalls mit den Bauarbeiten voranging. Mit der Fertigstellung der Nester rückte die Eiablage und somit der Schutz der Vögel unaufhaltsam näher. Dann wäre auch die sanfteste Vergrämung (Händeklatschen) nicht mehr erlaubt. Außerdem würde Melitta Miller spätestens morgen entdecken, dass die Ultraschallwellen genauso wenig wirksam waren wie ein paar Lichtreflektoren oder ein Hund, der weder genug bellte noch knurrte.

Erst auf dem Rückweg sah ich die Gestalt im Auto. Der Wagen stand auf der anderen Straßenseite. Auf Dach und Kühlerhaube glitzerten die ersten Eiskristalle im fahlen Schein einer entfernten Laterne. Jemand saß hinterm Steuer, ein Kopf in einer dicken Strickmütze lehnte an der angelaufenen Scheibe der Fahrertür. Der Mann schlief offensichtlich. Normalerweise gehörte ich nicht zu den Menschen, die sich oder ihre Hilfe aufdrängen. Und wäre es wärmer gewesen, hätte ich die Privatheit des Mannes im Auto (wer wusste denn, was ihn hierhergetrieben hatte um diese Uhrzeit) bestimmt respektiert und ihn beim Vorbeilaufen höflich übersehen. Aber die Kälte würde über Nacht zunehmen, sie biss bereits in jedes Stück Haut, das nicht geschützt war. Wäre der Mann morgen mit einer Eisschicht überzogen wie die Dächer der Häuser und Autos, würde ich mir Vorwürfe machen müssen.

Also klopfte ich vorsichtig an die Scheibe, an der die Mütze lehnte. Ich klopfte mehrmals, bis der Mann hochschrak. Er orientierte sich kurz und kurbelte die Fensterscheibe herunter.

„Da wäre ich beinah eingeschlafen", flüsterte er. Der Mann rieb sich mit der Hand über die Augen. „Sind Sie nicht der Gast, der bei Herrn Höch wohnt?", fragte er.

Ich zweifelte daran, ihm schon einmal begegnet zu sein. Das unangenehme Gefühl, dass in dieser Straße nichts verborgen blieb, drängte sich auf.

„Ist Ihnen das aufgefallen?", fuhr der Mann mit der Strickmütze fort und wies in die finstere Platane. „Es werden immer mehr Vögel. Ich vermute, das sind die Jungen vom letzten oder vorletzten Jahr, die noch keine Partner gefunden haben. Sie schließen sich jetzt in der Brutzeit den Altvögeln an, um zu helfen. Saatkrähen vertreiben ihren erwachsenen Nachwuchs nämlich nicht, nicht mal in der Brutzeit. Das ist einzigartig unter den Rabenvögeln. Faszinierend, nicht wahr?"

„Resilienz", erwiderte ich, „die wurde im Grunde von Krähen erfunden."

Der Hund zog kräftig an der Leine. Er hatte seine drängenden Geschäfte erledigt und wollte zurück ins Warme. Ich wünschte „Gute Nacht" und ging meiner Wege.

„Gute Nacht und danke", sagte der Mann, er streckte den Kopf aus dem Autofenster, „danke, dass Sie uns und die Vögel unterstützen. Wir können jede Hilfe gebrauchen, wenn wir hier die Führung übernehmen wollen."

Übernahmen waren Georgs Spezialität. Bei der freundlichen Übernahme übernimmt ein Unternehmen das andere mit dessen Einverständnis, bei der feindlichen Übernahme passiert dies gegen den Willen und teils ohne Wissen des übernommenen Unternehmens. Fressen und gefressen werden. Nichts war neu erfunden. Ich nahm an, dass es sich in diesem Fall um eine verdeckte Übernahme handeln sollte. Zum Schutz der Krähen.

Vor dem Schlafengehen spähte ich aus dem bodentiefen Fenster hinunter auf die Straße. Hinter der Scheibe des Autos glaubte ich, ein helles Gesicht zu erkennen. Bewachte der Mann die Krähen und ihre angefangenen Nester die ganze Nacht lang? Womöglich war es aber nur die Spiegelung der fahlen Laterne oder des Mondes, die ich sah.

Ich wollte Melitta Miller morgen endlich von den Inuit erzählen, die daran glaubten, dass Rabenvögel einst silberne Steine in den Himmel warfen, um die Milchstraße zu erschaffen. Die Vögel schufen also auch die Erde mitsamt Luft, Land und Meer, die von Menschen und Tieren, von Fischen und Vögeln bevölkert wurden. Ein besonders trickreicher Vogel stahl sogar das Licht für die noch finstere, kalte Welt. Was, wenn er dieses Licht wieder mit sich nahm, wenn die Vögel nun vertrieben würden?

Als ich mich aufmachte, ins Bett zu gehen, stolperte ich im stockdunklen Zimmer über den Hund. Er musste hinter mir gewartet haben. Haltsuchend griff ich ins nächstbeste Regal. Ein harter Gegenstand fiel zu Boden. Ich knipste das Licht an und tauchte ins Eis unter dem

Schreibtisch, um einen kleinen durchsichtigen Würfel zu bergen. Tand, schoss mir durch den Kopf, dann erkannte ich das zarte Wesen, das in dem Würfel gefangen war. Es war eine Kreuzspinne, bewegungslos erstarrt in Epoxidharz. Die typische Zeichnung auf ihrem Rücken (das Kreuz aus Punkten) war verblasst. Ansonsten sah die Spinne aus wie jenes Exemplar, das in einem Sommer vor vielen Jahren sein Netz im Winkel der Schuppentür aufgespannt hatte und das, bevor der Herbst richtig begonnen hatte, spurlos verschwunden war.

Das Notebook machte leise Blasgeräusche beim Hochfahren. Der Hund gähnte mich demonstrativ an.

Ich ignorierte ihn und tippte:

Gartenkreuzspinne (Araneus diadematus)

Vertreterin der Familie der Echten Radnetzspinnen, viele Arten, weltweit verbreitet (wie die Krähen und die Menschen!). Kreuzzeichnung auf dem vorderen Hinterleib. Nach der Paarung im August oder September wird das Männchen bisweilen vom Weibchen gefressen. Falls nicht: Alter bis drei Jahre.

Vielleicht täuschte ich mich schon wieder in meinem Bruder, wenn ich ihm zutraute, einst meine Kreuzspinne aus der Ecke des Gartenschuppens entführt zu haben. Georg hatte Angst vor Spinnen. Er hätte in jedem Fall irgendwelche Freunde vorgeschickt, Freunde, die zudem mit Epoxidharz umgehen konnten. Ein solches Präparat sauber und ohne Blasen herzustellen, erfordert Übung.

Es könnte jedoch sein, dass die Spinne am Schuppen ein Männchen war, das einem verliebten Weibchen zum Opfer fiel, das so seine Kraft für den Nachwuchs stärkte. Sexualkannibalismus. Wenigstens das machte der Mensch dem Tierreich nicht nach.

War diese Spinne, die sich in ihrem Würfel nicht mehr rühren konnte, Georgs Heilmittel gegen seine Phobie? Das kleine Präparat könnte natürlich genauso gut die Trophäe sein, dass die Angst überwunden war. Oder war es am Ende die Trophäe für seinen Sieg über den Bruder und die Mutter, die beide die Spinne schützen wollten und dabei keinerlei Rücksicht auf ihn und seine panische Angst nahmen? Just a sentimental journey.

Ich legte die Spinne auf den Tisch, wo sie mit der Glasplatte verschmolz und zu Eis erstarrte. Unter dem Tisch wackelte ich mit den vor Kälte immer noch steifen Zehen, um sie aufzuwärmen.

Ich tippte:

Im Arbeitszimmer streckte ich die Füße unter den Schreibtisch. Ich betrachtete die Zehen in Socken unter der Glasplatte. Sie sagten mir nichts. Sie sahen durch die Glasplatte aus wie in Eis gegossen. Ich wunderte mich, dass sich die Zehen in dem Eis überhaupt bewegen konnten.

Die Zehen wurden langsam wärmer. Ich schrieb Georg, dass ich die Spinne gefunden hätte und dass es hier trotzdem nicht wie daheim sei.

Am Morgen hüpften die Krähen von Ast zu Ast tiefer in der Platane, dabei wechselten sie ständig die Plätze und flatterten durcheinander auf der Suche nach dem besten Blick über den Gehweg. Sie inspizierten ihn in alle Richtungen, doch von der alten Dame mit den verheißungsvoll prallen Manteltaschen war nichts zu sehen. Das angefangene Nest im kleineren Baum vor der Seniorenresidenz war über Nacht verschwunden. Diebische Artgenossen, die die Zweige selbst brauchen konnten. Sportkletterer vom Alpenverein, die unter Lebensgefahr in den rutschigen Baum gestiegen waren. Oder ein Konstruktionsfehler gemeinsam mit dem Wind. Es gab viele mögliche Ursachen. In jedem Fall aber hatten einige Vögel Recht behalten mit ihren Warnungen (oder waren es Prophezeiungen?), dass dieser Baum nicht tauge für ein neues Heim.

Das Haustor fiel hinter dem Hund schwer ins Schloss. Wir waren heute später dran. Der Hund sollte sich an meinen Rhythmus gewöhnen, hatte ich beschlossen, nicht umgekehrt. Das Auto auf der anderen Straßenseite, in dem der Mann mit der Strickmütze gesessen hatte, war weg. Die äußeren Spitzen der Bäume, die Hecken, die Autos und die Dächer rundherum waren weiß vom Raureif. Die Kotkleckse der Krähen sah man darunter kaum mehr. Ich wickelte Melitta Millers Schal enger um den Hals, damit der Schal die Kapuze gut an den kahlen Schädel drückte.

Ich hatte Eva gebeten, Mütze und Schal für mich mitzubringen, wenn sie das nächste Mal kam.

„Mütze und Schal", hatte Eva wiederholt. Natürlich, es solle kalt bleiben, dennoch müsse man mal vor die Tür, das verstehe sie schon.

Ich versuchte, nicht mehr aus diesem Satz herauszuhören, als in ihm steckte. Eine rasant schwindende Sorge um mich ließe sich zum Beispiel heraushören. Und das nicht ausgesprochene Wissen, dass es trotz Fortschritten auf der Baustelle dauern würde mit der Heimkehr und man selbst Rekonvaleszente nicht ewig einsperren sollte.

Der Hund stieß unbeeindruckt von den Temperaturen weiße Atemwölkchen vor sich her. Ich beneidete ihn um sein dichtes Winterfell. Er schnüffelte an den Büschen, an den Hausecken. Ich roch bei dieser Kälte gar nichts, nicht einmal ein Hauch von Melitta Millers Parfum entströmte dem Schal, obwohl ich das Gesicht tief darin vergrub.

„Verglichen mit einem Hund ist der Mensch ja ein Mängelwesen", hatte Schuster gesagt. Uns fehle es im Vergleich zu den Tieren nicht nur an einer natürlichen Körperbedeckung, einem brauchbaren Schutz gegen Kälte sowie Sonne. „Denken Sie mal an unsere Sinnesorgane, eine Katastrophe, selbst ohne Chemo." Schuster öffnete seine Aluschale und schnüffelte mit geschlossenen Augen. Wenn ein Sinn ausgeschaltet wird, leisten die anderen mehr. „Ah, das rieche sogar ich", sagte Schuster.

Ich folgte seinem Beispiel. Wir hatten uns beide zur Feier des Tages die Morgenmäntel aus- und unsere Trainingsanzüge angezogen. So saßen wir auf den kalten Stufen der Fluchttreppe am Ende unserer Abteilung. Am Sonntag war die Gefahr, erwischt zu werden, am geringsten. Schwester Edith, der sonst kaum etwas verborgen blieb (auch keine leeren Bordeauxflaschen im Müll der Waschräume), hatte heute frei. Das Gasthaus hatte ohne neugierige Nachfragen direkt in die Krankenhaustiefgarage geliefert. Im dünnen Notlicht des fensterlosen Treppenhauses hatte das Fleisch nun eine ähnlich graue Farbe wie die Knödel und das Kraut.

„Schön salzig, nicht?", meinte ich, nachdem ich probiert hatte. Ich war erstaunt, dass ich so viel schmeckte.

„Gar nicht", entgegnete Schuster, das sei der beste Schweinsbraten seines Lebens, und er habe ganz vergessen gehabt, wie großartig das sei, ungesunde Dinge zu tun. Und verbotene. „Wie viel Spaß einem bloß entgeht, weil man immer so vernünftig ist", fügte Schuster hinzu. „Oder auf die Frauen hört. Schmecken Sie das dunkle Bier in der Sauce?"

Schon eine Straße weiter machte der Hund kehrt und zog mich den Weg zurück. Er hatte lange vor mir gehört (und vermutlich gerochen), dass die morgendliche Fütterung mit Verspätung begonnen hatte.

„Das ist geschmacklos", sagte die alte Dame, sobald ich in Hörweite war. Sie bemühte sich heute gar nicht, leise zu sprechen. Oder sie war zu aufgeregt dafür. „Eine bodenlose Frechheit", sagte sie und holte umständlich eine schwarze Figur aus ihrer Manteltasche. „Das habe ich vor meiner Zimmertür gefunden."

Es war eine Kunststoffkrähe, die Beine verkrampft angezogen, die Flügel etwas abgespreizt. Der Vogel sollte ein totes Exemplar darstellen. Die Täuschung war gar nicht schlecht gemacht.

Den Menschen fehlen neben Fell oder Federn nicht nur funktionstüchtige Sinnesorgane, dachte ich, sondern zudem überlebenswichtige Instinkte. Zum Beispiel Instinkte dafür, wann der richtige Zeitpunkt gekommen ist, alles stehen und liegen zu lassen und zu fliehen.

Der Hund schnappte nach einem Brocken Käse auf dem Gehweg. Die Krähen schritten in einiger Distanz zu ihm von Leckerbissen zu Leckerbissen. Hunde sind berechenbar, dieser besonders, die Krähen wussten das bereits. Ihr misstrauischer Blick richtete sich dafür auf die Menschen.

Schnell nahm ich der Frau die Kunststoffkrähe aus der Hand und verbarg sie unter meinem Mantel. „Das ist ein freundliches Lockbild", erklärte ich ihr. „Die Krähen sollten es besser nicht bei uns sehen. Sie könnten uns sonst für die Mörder halten. Krähen merken sich so etwas, sie –"

Die alte Dame unterbrach mich: „Was soll daran freundlich sein? Das ist ein blöder Scherz, eine Drohung ist das! Ein plumpe noch dazu." Sie drehte sich um und trat durchs Gartentor der Seniorenresidenz.

„Auch eine tote Krähe weckt die Empathie der Art-genossen", rief ich ihr hinterher. „Sie kommen, um die Umstände des Todes zu beäugen, vielleicht, um Abschied zu nehmen. Und sie tappen direkt vor die Flinten."

Krähen haben keine Ahnung, dass ihre Stärke, ihr sozialer Zusammenhalt, nach Eröffnung der Lockjagd ihre größte Schwäche ist. Ihr Vertrauen ineinander wird von den Jägern schamlos ausgenutzt.

Die Vögel saßen längst mit vollem Kehlsack oben auf den äußersten Ästen der Platane, wo sie ihr Gefieder aufschüttelten und sich kurz darin einhüllten, als wären es weite, pelerinenartige Mäntel. Im Geiste sortierten sie all die Käsebrocken im Kropf wohl schon in ihre diversen Vorratsverstecke. Ich hatte mit einem Mal unglaubliches Verlangen nach einem richtigen Espresso. Ohne Kaffee-pulverkrümel im Mund. Sie waren kein tauglicher Vorrat für magere Zeiten.

Im Arbeitszimmer öffnete ich das Notebook und scrollte in meinen Notizen zurück zum Wort *Handlungsbedarf*.

Ich tippte darunter:

Er erscheint mir wichtig. Im Zusammenhang mit Kaffee, mit Krähen, mit der Verbannung und im Zusammenhang mit Frauen sowieso.

Auf dem gläsernen Schreibtisch vor mir lag die Kreuz-spinne, starr und anklagend. Epoxidharz ist schlimmer als Sexualkannibalismus, fand ich. Am Boden lag der

Hund und wetteiferte mit dem Gummibaum in Sachen Phlegma. Er hatte festgestellt, dass die Krähen sich durch sein Bellen nicht mehr aufschrecken ließen. Seit gestern bellten sie zurück und bauten in Ruhe weiter an ihren Nestern. Sie verflochten die Zweige und kleinen Äste mit schwarzen Bändern zu einer stabilen Konstruktion. Die schwarzen Bänder erinnerten mich an die Dichtungsprofile von Fenstern.

Das könnte ebenfalls zu einer Schwäche werden und den Vögeln am Ende noch zum Verhängnis, zu ihrem selbst gelegten Fallstrick. Sachbeschädigung und Diebstahl kommen nie gut an. Sogar die Vogelfreunde in der Seniorenresidenz und darüber hinaus hätten es bestimmt nicht gern, wenn der nächste Regen durch ihre undichten Fenster in die Zimmer lief.

Ich tippte:

Frust

Stellt sich häufig ein nach wiederholten Misserfolgen, wenn Pläne wider Erwarten nicht umsetzbar, Ziele nicht erreichbar sind. Mitunter nach Kränkungen. Frustrationstoleranz individuell unterschiedlich, es kann zu Übersprungshandlung –

„Ah, Sie arbeiten. Ein neuer Roman?", fragte eine bekannte Stimme hinter mir.

Ich hatte Melitta Miller auch diesmal weder klingeln noch hereinkommen hören. Also doch kein Reh und keiner dieser Jagdhunde, deren Schlappohren beim Rennen um ihren Kopf schlagen. Denn Hufe und Hundekrallen auf hartem Boden hört man. Vielmehr ein Fuchs, eine Füchsin mit eingezogenen Krallen. Füchse können das, und sie sind Meister im Anschleichen, was ihnen zu Unrecht als Hinterlist ausgelegt wird.

„Nur Notizen", erwiderte ich.

Melitta Miller trat ans bodentiefe Fenster und öffnete es. Die Krähen unterbrachen ihre Arbeit an den Nestern, sie äugten herüber und flogen davon. Die Vögel flohen vor der Jägerin, die sie wiedererkannten. Sie flohen außerdem wegen des Hundes, der den Fuchs witterte und deshalb laut zu knurren begonnen hatte. Sein Knurren klang weitaus bedrohlicher als sein Bellen.

„Guter Hund", sagte Melitta Miller. „Stört Sie die Unruhe nicht beim Arbeiten?"

Ich hob die Schultern und sparte mir eine Bemerkung zu ihrem regelmäßigen Eindringen hier. Die Vögel ließen sich auf den umliegenden Hausdächern nieder. Dort riss eine Krähe frustriert an einem Stück Dachrinne unter ihren Füßen. Der Hund verließ das Zimmer.

„Sehen Sie das?", sagte Melitta Miller, sie zeigte aus dem Fenster. „Da gesellen sich bereits Nichtbrüter dazu. Bald haben wir eine Kolonie vor der Nase. Wir müssen endlich herausfinden, wer unsere Bemühungen sabotiert. Und dem ein Ende setzen."

Sie sah mich herausfordernd an, als hätte ich die Vögel, Brüter wie Nichtbrüter, höchstpersönlich eingeladen, sich ausgerechnet in dieser Straße niederzulassen.

„Sonst hat das alles keinen Sinn", sagte Melitta Miller, „wenn wir nicht wissen, wer die Reflektoren aus dem Baum schneidet oder die Krähen füttert. Dass diese Ultraschallgeräte nichts bringen, sieht man ja. Ein knurrender Hund allein nützt eben nichts."

Sie ließ sich in den Lesesessel neben dem Fenster fallen und verharrte regungslos, mit übereinandergeschlagenen Beinen in einer weiten, cremefarbenen Hose. Sie trug immer helle Hosen.

Ich dachte an die Batterien unter der Überdecke auf der unbenutzten Seite des Bettes, wo sie direkt neben dem freundlichen, toten Lockbild (der Kunststoffkrähe) lagen. Ich würde es der alten Dame bei Gelegenheit zurückgeben. Auf einmal hatte ich ein schlechtes Gewissen, weil ich Mitschuld daran hatte, dass Melitta Miller sich schon wieder setzen musste. Sie wirkte erschöpft und konzentriert zugleich. Nach erfolgloser Jagd sammelt der Fuchs seine Kräfte und alle Sinne. Er muss sie stets beieinander haben. Sie sind seine Lebensversicherung. Denn er gehört selbst zum Raubzeug und könnte vom Jäger zum Gejagten werden.

So etwas wie Empathie überkam mich, und ich gestand: „Es tut mir leid, ich musste die Geräte wegen des Hundes ausschalten. Die Ultraschallwellen hätten sein Gehör schädigen können. Dann würde er die Vögel sicher nicht mehr wirkungsvoll anknurren." Die Wirkung von Ultraschall bei der Krähenvergrämung sei ohnehin mehr als umstritten, fügte ich hinzu.

Melitta Millers Blick kippte durch mich hindurch. Sie trat ganz nah ans Schutzgitter und beugte sich so weit hinaus, dass ich den Atem anhielt. „Man sieht gut von hier", sagte sie. „Sogar besser als aus dem Küchenfenster. Sie müssten doch eigentlich alles sehen von hier, Herr Höch, alles, was im Baum und dort unten vor sich geht. Jede Kleinigkeit, jede Bewegung."

Mich fröstelte, obwohl es nach der kalten Nacht ein fast frühlingshafter Tag geworden war. Eva hatte nicht recht behalten mit ihrer Wetterprognose.

Melitta Miller klopfte mit der Hand auf das Sicherheitsgitter vor dem bodentiefen Fenster. Das Metall tönte hohl nach. „Uns entgeht nichts mehr! Wir werden eben andere Mittel einsetzen."

Als ich das Haustor schwer ins Schloss fallen hörte, trat ich selbst ans Gitter, um zu sehen, in welchem anderen Haus Melitta Miller verschwinden würde. Ich wusste nach all den Tagen in Georgs Wohnung immer noch nicht, wo sie wohnte. Aber die Frau mit den rotbraunen Haaren wurde aufgesogen von einer kleinen Gruppe, die unten auf dem Gehweg wartete. Der Mann mit der grauen Mähne, der Mann mit dem karierten Lodenhut, die Frau mit den kurzen blonden Haaren und zwei ältere Herrschaften, deren Geschlecht von oben schwer einzuschätzen war. Sie wurden ebenfalls mehr. Genauso wie die Vogelfreunde. Die Gruppe hatte nicht allein auf die Füchsin gewartet, sondern darauf, ob sie, listig wie sie war, Brauchbares herausgefunden hatte, ob sie den Mann im Fenster dazu gebracht hatte, eine zufällige Beobachtung, ein Geheimnis, gar eine Mittäterschaft oder seine Komplizen zu verraten.

Der Mann im Fenster wippte neugierig nach vorne, um zu hören, was unten geredet wurde. Er wippte wieder nach hinten, um nicht gleich entdeckt zu werden, wenn sich die Blicke hinauf in die Platane richteten. Heute wippten weder der Baum mit (es war windstill) noch die Krähen. Sie beobachteten die Gruppe auf dem Gehweg aus der Ferne und ähnlich gebannt wie der Mann im Fenster. Dass von unten niemand das Gesicht oder die Stimme oder wenigstens laut klatschende Hände zu ihnen erhob, erschien sämtlichen Beobachtern so ungewöhnlich und unheimlich, dass sie sich rasch abwandten. Die Gruppe folgte der Füchsin und bog um die Ecke.

Ich beschloss, vorerst nicht mehr auf Frauen zu hören. Ich würde mir lieber ein Beispiel an der Hartnäckigkeit der Krähen nehmen. Es war Zeit für mehr Widerstand, für mehr Vorstellungskraft. Es herrschte Handlungsbedarf.

„Bis Morgen, schlaf gut", schrieb ich später an Eva.

Weiter würde ich sie nicht in meine Pläne einweihen. Und Melitta Miller auch nicht. Manchmal reicht es völlig aus, wenn eine Seite die Pläne kennt. Möglicherweise hätte die andere Seite andere Vorstellungen dazu, und wenn sich Pläne in einer Beziehung zuwiderlaufen, kann das ebenso abträglich für die Harmonie sein wie ein gläserner Tisch oder mangelnde Kommunikation, auch, weil man sich dauernd verpasste.

Eva schrieb zurück: „Im Termin, sorry."

Die Leute zum Reden zu bringen, sei nicht schwer, hatte Eva gemeint, die meisten kämen ja zu ihr, um zu reden. Nur, die Leute dann dazu zu bringen, etwas zu sagen, bei dem sie ansetzen könne, sei nicht selbstverständlich.

Ich wusste sehr gut, wo ich ansetzen sollte. Obwohl ich meinem Bruder so ein Utensil noch weniger zutraute als prächtige Gummibäume und Frauen wie Melitta Miller, machte ich mich auf die Suche nach einem Rucksack. Ich hatte beschlossen, nicht mehr zu warten, bis alle Fenster renoviert und eingehängt und alle Wände fertig gemalt waren. Ich wollte nur das Notwendigste einpacken, um nach Hause zurückzukehren, bevor ich hier wirklich Teil einer Vogelkohorte wurde.

Erstaunlicherweise hatten sich die Krähen nie vor mir gefürchtet. Sie blieben ruhig auf ihren Ästen sitzen, sie blinzelten mich an und warfen mir höchstens einen kritischen Seitenblick zu, wenn ich ans Fenster trat. Die Vögel zeigten keinerlei natürliches Fluchtverhalten mir gegenüber. Hatten sie mich von Anfang an mit einem der Ihren verwechselt? Oder hatten sie sich diese Platane wegen mir erst ausgesucht?

IX.

Draußen regnete es gleichmäßig und unaufdringlich. Die Krähen saßen auf den triefenden Ästen und schüttelten sich von Zeit zu Zeit missmutig die Tropfen von Kopf und Flügeln. Den Missmut unterstellte ich ihnen vielleicht bloß, doch die Bewegungen waren nicht so geschmeidig wie sonst, eher ruckartig, als wäre der Regen ihnen lästig. Der Hund lag am bodentiefen Fenster und schaute betrübt hinaus. Oder kopierte er nur meinen eigenen Ausdruck?

„Haustiere sind nicht nur unsere Spiegel", hatte Schuster gesagt. „Das ist mehr als ein Reagieren auf unsere Launen, unsere Befindlichkeit. Diese Vertrautheit, diese Nähe, das geht sehr viel tiefer. Vor allem mein Benno, der ist wie … wie …" Schuster suchte nach einem passenden Wort.

„Ein Alter Ego?", schlug ich vor.

„Genau", bestätigte Schuster, sein Hund sei fast wie sein anderes Ich. Oder zumindest ein Stückchen davon. So könne man das durchaus sehen, ohne zu übertreiben.

Ich musste vermuten, dass das auch andersherum so war. Denn der Hund hatte seit seiner Ankunft hier auf mich gewirkt, als würde ihm etwas fehlen. Es fiel ihm sichtlich schwer, mich als neuen Teil seines Ichs zu akzeptieren.

Ich würde Eva fragen, was sie davon hielt, dass Mensch und Hund sich ihr Ich teilten, und wozu das führen könnte, wenn sich zwei unterschiedliche Spezies so eng verbanden.

Vor dem bodentiefen Fenster setzte sich eine Krähe auf das Gittergeländer. Sie schüttelte sich, dass die Tropfen flogen, sie zog trotzig den Kopf ein und blinzelte zu mir herüber. Ich blinzelte zurück, von einem wimpernlosen Wesen zum anderen, und ertappte mich dabei, dass ich ebenfalls den Kopf eingezogen hatte. Spiegelte der Ausdruck der Krähe nun meinen eigenen wider oder war es umgekehrt?

Jedenfalls hatte ich mir das Wetter für meine Heimkehr anders gewünscht. Eine Heimkehr nach so langer Zeit, und sei es auf eine halbe Baustelle, stellt man sich strahlender vor. Ein Wetter inbegriffen, bei dem nicht alle ergeben die Köpfe einzogen, sodass man vom Hals gar nichts mehr sah. Hunde können ihre Köpfe nicht einziehen, das hat anatomische Gründe, dafür ziehen sie den Schwanz ein, wenn sie sich unterwürfig zeigen wollen.

„Bist bald zu Hause", sagte ich zu dem Hund, zu mir selbst und zur Spinne, die ziellos vor mir im Eis driftete.

Dann warteten wir weiter auf Frau Schuster.

Ich nahm einen Schluck Kaffee (ohne Krümel, ich hatte den neu gekauften Espresso feiner gemahlen, damit er gut absank) und tippte:

Schiffe versenken

Beliebtes Kriegsspiel gegen Langeweile, für das man nur Zettel, Stift und einen Gegner braucht. Und Vorstellungskraft in Bezug auf dessen Pläne und Strategien (dito für die eigenen Pläne und Strategien).

Mit Lilly hatte ich an regnerischen Wochenenden stundenlang „Schiffe versenken" gespielt. Es war das einzige Spiel, bei dem ich wenigstens den Hauch einer Chance hatte.

Sollte ein Schiff wirklich sinken, hat man im Krähennest übrigens die längste Überlebenschance. Das gilt nicht beim seitlichen Kentern, was bei größeren Segelschiffen aber so gut wie nie vorkommt. Allerdings wird das Krähennest bei schwerem Beschuss oft früh in Mitleidenschaft gezogen, weil gezielt der Großmast ins Visier genommen wird. Ohne Großmast und Krähennest ist ein Segelschiff kaum mehr zu manövrieren und dem Untergang geweiht, sollte es nicht gleich gekapert werden.

Ich würde das letzte Stück an Land schwimmen, ich war ein guter Schwimmer. Das Land war ja bereits in Sicht. Ich würde keine Krähe brauchen, die mir den Weg dorthin erst wies oder die ohnehin am Ziel vorbeiflog, weil sie den Ort, den ich ansteuern wollte, für zu wenig einladend hielt, als dass es sich lohnte, darauf zu landen oder sich gar auf Dauer dort niederzulassen.

Für Krähen fehlte es in unserer Reihenhaussiedlung an richtig hohen Bäumen. Doch ich würde nach einer monatelangen Irrfahrt durch die Krankenhausabteilungen, durch beige, winzige Badezimmer und makellose Wohnungen endlich festes, vertrautes Land betreten. Und keiner würde mehr von mir verlangen mitzuhelfen, ein paar harmlose Vögel zu vertreiben. Oder sie zu verteidigen. Kein wimpernloses Auge würde mir mehr zuzwinkern, und niemand würde mich mit rotbraunen Augen, die fast dieselbe Farbe wie die Haare hatten, durchdringend ansehen. Ich würde mich einfach, und die erste Zeit lang ausschließlich, daran erfreuen, dass ich es wider aller Erwarten (sogar von Schwester Edith) geschafft hatte, aus den frisch lackierten Fenstern zu schauen.

„Raben und Krähen sind gute Planer, aber der Begriff Kulturfolger verfälscht da etwas", hatte der Mann mit der dicken Strickmütze gesagt. Der Begriff unterstelle den Vögeln nämlich eine Absicht, eine invasorische Strategie.

Der Mann hatte spätabends wieder in seinem Auto auf der anderen Straßenseite gesessen.

„Sie kennen sich gut aus mit diesen Vögeln", meinte ich anerkennend.

Der Mann lehnte sich aus dem heruntergekurbelten Autofenster und sagte mit gedämpfter Stimme: „Hobbyornithologe, Rabenvögel sind ja so faszinierend. Die Menschen sind selbst schuld, dass die Krähen nun hier sind. Man nennt es Schutzflucht. Die Vögel verstädtern, dabei gehören sie hinaus aufs Land, auf die Felder." Der Mann machte eine großzügige Geste Richtung Stadtrand. Doch auch dort seien sie nicht willkommen, würden verfolgt, geschossen, vertrieben von der ganzen Chemie auf den Äckern. Das sei schon eine Verkehrung von Ursache und Wirkung, den Krähen nun ihr Eindringen ins Siedlungsgebiet vorzuwerfen. Das sei respektlos, Schutzflüchtlinge immer weiter in die Flucht zu schlagen.

Das Internet lieferte bei einer ersten oberflächlichen Recherche keine fachliche Definition des Begriffes „Schutzflucht".

Ich tippte trotzdem:

Schutzflucht

Mehr oder minder geordneter Rückzug an einen anderen Ort zur Sicherung des Überlebens der Art oder des Individuums. Mögliche Folgen: Konflikte mit angestammten Arten (Menschen u. a.). Mögliche Alternativen: keine.

Anmerkung: womöglich falsche, zumindest irritierende Wortbildung. Die Vögel fliehen ja nicht vor dem Schutz (siehe Landflucht), sondern suchen ihn.

Zu den Krähen im Baum sagte ich im Stillen: Jetzt haben wir mehr gemeinsam, als ich dachte. Wahrscheinlich bin ich ebenfalls ein Schutzflüchtling, der nun weiter getrieben wird.

Schließlich sollte ich vor allem auf mich selbst aufpassen, nicht bloß auf die Krähen. Oder auf Melitta Miller. Man sollte seinen Instinkten öfter trauen und ihnen folgen, gerade in Ausnahmezuständen.

Die Krähe auf dem Geländer vor dem Fenster ließ sich nun seitwärts nach unten kippen, wo sie kopfüber am Rohr hing wie die Trapezkünstler. Mit dem Schnabel pickte sie in das hohl tönende Metall, bevor sie sich fallen ließ und davon flatterte. Ich öffnete das bodentiefe Fenster und bückte mich. Das obere Rohr des Schutzgitters war unten geschlossen. Dort konnten die Vögel also nichts verstecken, keine Käsebrocken und nicht einmal die kleinen Erdnüsse, die jemand unter der Platane verstreute. Außerdem wäre das Versteck viel zu einsichtig für die Artgenossen im Baum und daher nicht sicher vor Plünderern. Beim erbeuteten Fressen hörte die Solidarität auf.

Die Krähe, die auf den nächsten Ast geflogen war, streckte den Kopf vor, plusterte sich auf und schickte ein einzelnes anklagendes Gaaahhh in meine Richtung. Beschimpfte mich der Vogel? Ahnte er, was ich vorhatte? Dass ich im Begriff war, ihn und die anderen schändlich im Stich zu lassen? Ich war mir sicher: Erfahrene Schutzflüchtlinge und Zirkuskünstler wissen sich zu helfen, jeder Einzelne und alle miteinander.

Ich zählte mindestens elf Krähen im Baum. Wahrscheinlich sogar mehr. Einige Vögel hatten ihre nasse Aussicht verlassen und flogen ständig Nistmaterial herbei. Das würde Melitta Miller nicht freuen. Immerhin hatte sie es mit einem ausdauernden und vielköpfigen Widersacher zu tun, mit einem Kollektiv, das offensichtlich ohne explizite Führung auskam und auch deshalb schwer angreifbar war. Ich würde Georg fragen, ob ein führungsloses Kollektiv von Menschen ebenfalls Aussicht auf Erfolg haben würde. Oder ob Einzelne unausweichlich an ihren persönlichen Vorteil denken würden, weil ihnen das Vertrauen in die Gemeinschaft (und den geteilten Gewinn) fehlte. Ein Kollektiv, das ohne Führung seine Strategie verfolgte und erfolgreich sein Ziel erreichte, müsste einem Humanökonomen höchst unheimlich sein, dachte ich. Und vielen anderen ebenso.

Gleich Mittag. Frau Schuster sollte längst da sein. Der Hund sah phlegmatisch zum Fenster hinaus. Er zuckte weder mit den Ohren noch mit dem Schwanz, als das Mobiltelefon in meiner Hosentasche summte.

Lilly hatte ein neues Bild geschickt. Im Fokus: ein dünnes, blattloses Bäumchen in einem Pflanzkübel. Vom Gesicht meiner Tochter sah ich nur das leicht verschwommene Kinn. Sie hielt den Kübel mit dem Bäumchen im Arm wie ein Neugeborenes, das in den Schlaf gewiegt werden soll. Die Hand am Pflanzkübel zeigte das Victory-Zeichen, was leicht verkrampft aussah, weil die restlichen drei Finger den schweren Kübel allein stützen mussten. Die andere Hand fotografierte.

Englische Bogenschützen provozierten mit dieser Geste angeblich einst ihre Gegner (unter anderem die Franzosen), bevor sie das siegesgewisse V aus Zeige- und Mittelfinger wieder einklappten und mit ebendiesen Fingern den nächsten tödlichen Pfeil in ihre mannshohen Langbögen spannten. Indianerbögen sind nicht für den Stellungskrieg gedacht, vielmehr für die Jagd, und entsprechend kleiner.

Ich fotografierte die Baumkrone, in der es langsam enger wurde vor lauter Krähensippschaften. „Tous ensemble", schrieb ich dazu und schickte das Bild an Lilly. Ein fertiges Nest für den Nachwuchs gab es nicht zu fotografieren. Lilly könnte das Bild dennoch als Inspiration auffassen, ihre Familie zu besuchen. Dass sie drauf und dran war, irgendwo im fernen Paris einen Baum zu pflanzen, beunruhigte mich doch. Wer einen Baum pflanzt, wird sesshaft. Oder wollte mir meine Tochter mit diesem Setzling etwas von einem Kind mitteilen?

Ich schaltete das Mobiltelefon aus, klappte das Notebook zu und verstaute beides im Rucksack, den ich gar nicht weit hinten im Garderobenschrank gefunden hatte. Den gepackten Koffer könnte Eva mit dem Auto abholen. Später würde das Notebook dann auf dem richtigen Schreibtisch stehen, und bald würde ich richtig zu schreiben beginnen. Ich wog die Spinne in ihrem Eiswürfel aus Epoxidharz in der Hand und steckte sie in die Hosentasche.

„Behalt sie, wenn du magst", hatte Georg geschrieben, er habe keine Verwendung mehr dafür.

Vor der Gießkanne und ihrer rissigen blauen Emaille blieb ich unschlüssig stehen. Die Kanne war in Verwendung. In der Küche füllte ich sie und goss die beiden Gummibäume ausgiebig. Nicht nur jenen im Schlafzimmer, für den ich zuständig war, sondern auch den großen im Wohnzimmer. Wer wusste schon, ob sich Melitta Miller daran erinnern würde, dass eine Woche längst um war. Und Pflanzen waren, hatte man sie einmal an eine Regelmäßigkeit gewöhnt, sehr unflexibel in ihren Bedürfnissen. Wie die Menschen und manche Haustiere.

Auf der unbenutzten Seite des Bettes schlug ich die Überdecke zurück. Dort lagen ein Pfeil mit bunter Befiederung am Schaftende, ein von meinen Füßen in liebevoller Absicht zerbrochenes Gummibaumblatt, Filzhausschuhe (Größe 43), zwei silberne Spiralen aus der Platane, die Batterien, die in drei Ultraschallwellengeräte gehörten, und eine Kunststoffkrähe. Ich hatte es verabsäumt, sie der alten Dame aus der Seniorenresidenz zurückzugeben. Krähe, Spiralen und das immergrüne Blatt warf ich in den Mülleimer. Sollte sich Melitta Miller ruhig darüber wundern. Wenn sie die Dinge überhaupt entdeckte. Die Filzhausschuhe stopfte ich in den Rucksack. Zu Hause könnte ich die Schuhe ja durchaus anziehen, um damit über die frisch geschliffenen und mehrfach geölten Dielen zu laufen und guten Willen zu zeigen.

Der Hund sah mir bei allen Tätigkeiten gelangweilt zu, indem er mit halb geschlossenen Augen den wechselnden Gegenständen in meinen Händen folgte.

„Wenigstens auf euch wurde hier gut geachtet", sagte ich zum großen Gummibaum im Arbeitszimmer und öffnete das bodentiefe Fenster.

Draußen schneite es mittlerweile in dicken, schweren Flocken. Die Krähen saßen aufgeplustert gegen die Kälte in den Ästen. Der Nestbau war vorläufig eingestellt. Ich zog die Kapuze meiner Sweatshirtjacke über den Kopf und vertraute einem Gutachten zur Abwehr von Vögeln in der Landwirtschaft (online gestellt). Es bestätigte, dass Saatkrähen mit Ultraschall nicht nachhaltig vertrieben werden können. Der starke Wille der Vögel, zu fressen oder sich anzusiedeln, scheint die Wirkung der Ultraschallwellen abzuschwächen. Und der Hund würde ja gleich abgeholt werden. Also steckte ich die Batterien zurück in die Geräte, die am Schutzgitter vor dem Fenster befestigt waren. Die Schneeflocken auf meinen Händen schmolzen sofort. Ich schüttelte das Wasser ab.

„Herr Höch! Sie werden sich den Tod holen!"

Die Stimme klang streng und vorwurfsvoll. Diesmal hatte mich Melitta Miller nicht nur davor gewarnt, krank zu werden, sie malte mir gleich den Tod vor Augen. Ich fand das übertrieben.

„Was machen Sie bei diesem Wetter am offenen Fenster, Ihre Gymnastik?!", fragte sie. Sie schüttelte sich die halb geschmolzenen Schneeflocken aus den hochgesteckten Haaren, ruckartig und missmutig.

Natürlich war ich wieder nicht vorbereitet und sagte nur kurz: „Ich hinterlasse Ordnung."

Ob es nun mit Melitta Miller zu tun hatte, deren Gesicht die Krähen wiedererkannten, oder mit dem Ultraschall, der soeben aktiviert wurde, oder mit dem Hund, der gequält bellte, war schwer zu beurteilen. Jedenfalls bellte eine Krähe aus der Platane zurück. Eine zweite Krähe schloss sich an und bellte ebenfalls, bevor sich die Vögel widerwillig von ihren Ästen erhoben.

Ich fragte mich, warum die Krähen, wenn sie andere Tiere schon nachahmen konnten, nicht wohlklingendere Vögel oder Tiere imitierten. Zumal sie selbst zu den Singvögeln gehörten. Bereits eine Spur mehr Gesang statt Gekrächze würde ihnen viel Ärger ersparen und manchen siedlungsnahen Baum sogar kampflos erschließen. Vielleicht müsste es zudem nicht unbedingt eine Platane sein. Denn die mitteleuropäische Platane gehört zu den Bäumen, die am spätesten mit dem Blattaustrieb beginnen. Die schön gezackten Blätter, die durch ihre Größe alles darunter Stehende und Gehende vor der Verkotung durch die Vögel bewahren könnten, wachsen je nach Witterung meist erst im Mai. Die Jungenaufzucht ist dann fast abgeschlossen. Die Bäume waren jetzt, Ende März, noch völlig kahl. Weder die Vögel oben noch die Menschen unten hatten irgendeine Deckung.

Melitta Miller klatschte hart in die Hände. Der Hund verließ das Zimmer mit eingezogenem Schwanz. Die letzte Krähe erhob sich von den Ästen ins Schneetreiben. Bevor sie abdrehte, bellte sie zum Zimmer herein.

„Sind inzwischen alle verrückt geworden?", fragte Melitta Miller.

„Die Ultraschallgeräte funktionieren doch", meinte ich vermittelnd.

Melitta Miller schwieg und starrte hinaus. Einige Krähen waren nur auf die umliegenden Dächer geflogen, anstatt das Weite zu suchen und nicht weiter zu provozieren. Wo blieb die legendäre Weisheit, die Voraussicht der Vögel? Ihre Vorstellungskraft angesichts der drohenden Gefahr, die unübersehbar im Fenster stand?

„Wir werden sehen", sagte Melitta Miller.

Sie hatte wieder „wir" gesagt. Und da war wieder dieser seltsame Druck auf meiner Brust, es zog intensiver als sonst. Das konnte an der Erkältung liegen, die ich seit gestern kommen spürte (Halskratzen und kalte Füße, die nicht mehr warm wurden). Eine Sweatshirtkapuze nützt eben nichts gegen die Kälte, selbst wenn man sie mit einem Schal um den Hals fixiert. Ich überlegte, ob der Druck auf der Brust auch daher kommen könnte, dass ich heute das letzte Mal in die rotbraunen Augen schaute.

„Haben Sie Familie? Kinder?", fragte ich. Plötzlich hatte ich ein schlechtes Gewissen, Melitta Miller allein zu lassen. Ich würde gleich zurück in den Schoß der Familie schlüpfen. Die Krähen würden wunderbar ohne mich zurechtkommen. Aber wen hatte sie?

Melitta Miller schaute durch mich hindurch. „Nein, wozu?"

Ich räusperte mich und sagte: „Sie haben Ihren Schal vergessen. Ich habe ihn in die Küche gelegt."

„Ich vergesse nie etwas, Herr Höch, wenn es wichtig ist. Und wir sind noch lange nicht fertig hier. Wir fangen gerade erst an."

Melitta Miller verließ die Wohnung, ohne den Schal in der Küche, den ich für ihren hielt, nur angesehen zu haben, und ohne den großen Gummibaum zu gießen, obwohl sie für die Pflanze verantwortlich war. Auf dem Kriegspfad muss man sich auf das Wesentliche konzentrieren. Auf den Gegner, auf seine und auf die eigenen Strategien. Alles andere kann warten.

Es war höchste Zeit, sich zurückzuziehen.

Als ich endlich in die Straße mit den Reihenhäusern einbog, wurde es dämmrig. In meiner Manteltasche hielt ich schon den Haustürschlüssel in der Hand. Die Dächer der Häuser leuchteten weiß vom frischen Schnee, rundherum tropfte und murmelte das Schmelzwasser, das nach allen Seiten davonlief. Der Ärger über die Frauen, die mich ständig warten ließen und heute außerdem vom Aufbruch abgehalten hatten, floss mit dem Wasser in die Gullys und wich einer Leichtigkeit, die in der schneefrischen Luft zu schweben schien. In einigen Häusern war das Licht an, es leitete mich weiter die Straße hinunter, wies mir den

Weg zu dem Ort, wo alles sein würde, wie es sein sollte. Passend. Ohne Missverständnisse und Drohungen. Voller gegenseitigem Respekt und Rücksicht. Ich wischte eine geschmolzene Schneeflocke von der Stirn und vermisste den Schutz von Georgs Schiebermütze, die mir viel zu groß gewesen war und dauernd über die Stirn herunterrutschte.

„Just a sentimental journey", flüsterte ich. Ich fand, jeder hatte Anrecht auf etwas Sentimentalität, und ich ganz besonders. Meinem Bruder hatte ich sie genauso wenig zugetraut wie die alte Gießkanne oder die beiden Gummibäume.

„Dürfen wir das denn?", hatte Frau Schuster vorher geflüstert. „Dürfen wir das eigentlich, seinen letzten Willen missachten?", hatte sie schon am Telefon so leise gefragt, als dürfe darüber nicht in normaler Lautstärke gesprochen werden. Sie hatte gestanden, dass sie den Hund schrecklich vermisse, dass sie ihren Mann noch mehr vermisse und dass mit dem Hund doch ein Stückchen ihres Mannes bei ihr sein könnte.

Am blanken Küchentisch sitzend nippte sie zunehmend mutiger an dem Tee, den ich ihr gekocht hatte. Weißer Tee. Er klärt den Geist, und ein klarer Geist erkennt immer irgendwo einen Trost. Reden ist zum Beispiel eine weitverbreitete Art, sich selbst zu trösten, sich Mut zu machen und die Realität zurechtzurücken, bis sie passt.

„Dabei habe ich zuerst gedacht", meinte Frau Schuster, „ohne den Hund vor Augen werde es leichter sein. Ich dachte, Benno würde mich nur dauernd an Emanuel erinnern, die beiden waren ja unzertrennlich. Wie ein Wesen fast. Ich dachte, ohne Benno würde ich besser zurechtkommen … Da habe ich mich wohl getäuscht."

Der Hund hatte die Schlappohren gehoben und war näher getappt. Offenbar sah er in der Frau, die dort am Tisch saß, ebenfalls das Stückchen Alter Ego, das bisschen Heimat, das er vermisste und das ich ihm nicht bieten und ersetzen konnte. Oder der Hund war bloß ein Hund, der Spiegel unserer Befindlichkeiten und empathisch im richtigen Moment.

„Nur wenn Sie einverstanden sind, nehme ich den Benno wieder mit", sagte Frau Schuster nach zwei Tassen Tee und kraulte dem Hund den Kopf. Seitlich unter den Ohren am Hals. Der Hund schaute sie direkt an und wedelte mit dem Schwanz.

Ein heller Lichtstrahl blendete mich. Das Licht fiel aus einer Haustüre, die gerade geöffnet wurde. Im Hauseingang streichelte eine Frau einem Mann den Hals unterhalb des Ohrs. Der Mann sah aus wie Georg, obwohl Georg Tausende Kilometer weit weg in Vermont sein sollte. Dass ich den Mann für Georg hielt, konnte ebenso gut an der Schiebermütze liegen, die er trug. Die Frau sah aus wie Eva, was ebenso gut an der Haustür liegen konnte, in der die beiden standen und sich nun umarmten. Es war unser Hauseingang.

Ich machte den Mund auf, nur Luft kam heraus.

„Ah, jetzt ist aber Feierabend, Chef, ich bin der Letzte", sagte ein stämmiger Mann, der aus einer blauen Plastikkabine auf den Gehweg vor dem Haus trat. „Morgen werden wir fertig. Ich hab' übrigens Ihre Mütze gefunden. So ein Landjunkerding, oder? Müssen Sie hier am Klo verloren haben bei der Inspektion."

Ich spazierte einfach weiter, als gingen mich weder der Chef noch die Mütze oder die beiden in der Haustür irgendetwas an.

„Nichts für ungut, Chef", rief mir der stämmige Mann hinterher.

Da war ich bereits zwei Häuser weiter. Ich lief im Schatten, die im Licht würden mich nicht erkennen. Am Ende der kurzen Straße wischte ich ein paar schmelzende Schneeflocken von den Wangen. Sie waren erstaunlich warm. Das Notebook im Rucksack schlug mir in die Wirbelsäule, während ich rannte, um die Straßenbahn zu erwischen, die ich hinter den Häusern heranfahren hörte. Sie fuhr zurück in die Stadt.

In der Bahn spürte ich den Herzschlag dort, wo Frau Schuster heute Nachmittag den Hund und wo eben die Frau den Mann gestreichelt hatte. Seitlich am Hals. Sonst spürte ich nichts. Ich hielt mich zur Sicherheit an Georgs Wohnungsschlüssel fest, weil es der Schlüssel zum Paradies war, in dem niemand auf mich warten würde. Keine Frau, kein Bruder, kein Hund. Und keine Berührungen,

die noch mehr als jede Kommunikation und jede dauerehige Beziehung zu Missverständnissen führen, die oft
nur schwer wieder auszuräumen sind.

Als ich endlich in die Straße mit den Platanen einbog,
war die Welt blau erleuchtet. Das Blau zuckte über die
Fassaden der hohen Häuser, über den schmierigen Rest
Schnee auf dem Gehweg und über die schwarz glänzenden
Äste der Bäume. Sie glänzten im Blaulicht metallisch wie
das Gefieder der Krähen, von denen kein Ton zu hören
war. Selbst die Menschen, die neben dem Krankenwagen
und dem Notarztwagen standen, unterhielten sich nur
verhalten. Solche Fahrzeuge vor einer Seniorenresidenz
sind an und für sich nichts Außergewöhnliches. Nicht
bloß Rekonvaleszente, Kulturfolger und Schutzflüchtlinge
müssen mit Rückschlägen rechnen. Ab einem gewissen
Alter gehören Rückschläge vermutlich zum Alltag.

Eine kleine Gruppe hatte sich im zuckenden blauen
Schein versammelt. Ich sah eine Reihe Rücken und
Kopfbedeckungen, die mir bekannt vorkamen, und
stellte mich dazu.

„Sie ist auf dem Vogeldreck ausgerutscht", sagte der
Mann mit der grauen Mähne.

„Vor diesen Vögeln muss man wirklich Angst haben",
sagte die Leiterin der Seniorenresidenz mit den kurzen
blonden Haaren. „Ich habe es Ihnen nicht nur einmal
gesagt. Mit jedem Vogel, mit jedem Nest da oben steigt

die Gefahr. Die muss man nicht zusätzlich füttern. Den eigenen Sargnagel!"

„Na, na", machte die alte Dame, die mitsamt ihrem pelerinenartigen Mantel von zwei Sanitätern auf die Rettungstrage gehievt wurde. Zwischen zusammengebissenen Zähnen presste sie heraus: „Ich bin noch nicht tot."

„Das wird schon", sagte ein älterer Herr mit einer Kapitänsmütze auf dem Kopf. „Mit dem Schnee hat jetzt niemand mehr gerechnet."

„Das war kein Unfall, ich glaube nicht, dass das ein Unfall war", sagte der Mann mit der dicken Strickmütze. Ich hätte den Hobbyornithologen fast nicht erkannt außerhalb seines Autos.

Der ältere Herr hielt nun seine Kapitänsmütze fest: „Sie meinen, die haben angegriffen?"

„SHF, tippe ich", meinte der Notarzt zu einem der Sanitäter. „Fahrt vorsichtig."

Ich schloss die Augen, und auf einmal roch ich Melitta Millers Parfum. Ganz in der Nähe. Ich nahm die Witterung auf. Das Parfum roch heute nach Kälte, Feuchte und Schnee. Und da war noch etwas, etwas, das ich kannte, das mir kurz sehr vertraut erschien, aber ich kam nicht drauf.

X.

Die Krähe lag am Morgen in der Duschkabine. Schwarz auf weiß. Die Beine krumm erstarrt wie Fragezeichen, die beide ihren Punkt verloren hatten. Die Krallen griffen krampfhaft ins Leere. Darunter war die Emaille weiß und glatt und makellos. Es war ein echter Vogel, und ich musste vermuten, dass er für mich bestimmt war. Ich schaute zurück in den Spiegel über dem Waschbecken. Nicht jeder hat einen Charakterkopf. Zum Glück fingen die Haare wieder an zu wachsen. Die Stoppel waren vorerst eher ein Schatten. Grau und stumpf. Ich fasste mir an die faltige, schmerzende Kehle, die ich gerade rasieren wollte, als ich im Spiegel den schwarzen Fleck hinter mir entdeckt hatte. Die Kehle und der Schnabelgrund der Krähe waren weiß und grindig. Angeblich kommt die Federlosigkeit rund um den Schnabelansatz erwachsener Saatkrähen vom vielen Picken und Graben im rauen Boden. Das restliche Gefieder hatte jeglichen metallischen Glanz verloren. Eine tote Krähe also.

Wenn ich abergläubisch wäre, könnte ich den schwarzen Vogel für eine Prophezeiung halten. Schon die alte Dame aus der Seniorenresidenz war auf dem seifigen Schnee-matsch ausgerutscht. Das geht schnell, selbst wenn man im Alter noch gut zu Fuß ist. Der Tod der Krähe könnte natürlich ein Unglück gewesen sein. Ich schaute zum gekippten Fenster neben der Dusche. Vögel können sich in der Spiegelung täuschen und deshalb ungebremst gegen Fensterscheiben fliegen, wobei sie sich meistens schwer verletzen oder gleich das Genick brechen. Vogelherzen können außerdem einfach stehen bleiben vor Schreck. Wegen eines knurrenden gelben Hundes zum Beispiel, der lange Zähne im Maul hat, mit denen er unerwartet schnell nach fliegendem Käse schnappen kann. Wieso sollte der Hund nicht nach anderem, das fliegt, genauso schnell haschen können? Ich hatte womöglich nicht gut genug hingesehen. Der Hund hätte die Krähe packen können, während ich gestern im Schlafzimmer oder in der Küche gewesen war. Die Vögel waren frech geworden, hatten sich auf das Geländer vor dem bodentiefen Fenster gesetzt, direkt in Reichweite der Hundeschnauze. Und des Trockenfutters, das der Hund aus der Küche hierher getragen hatte, seine eiserne Ration.

Wenn ich Fantasie hätte, könnte ich den Vogel in der Duschwanne auch als Bestätigung eines Verlustes deuten. Den Verlust der eigenen Frau an einen anderen, an den eigenen Bruder, zum Beispiel. Mit ein wenig mehr Vorstellungskraft könnte ich in der Krähe sogar die Ankündigung eines Todes sehen. Aber mir fehlte im Moment eine solche Menge an Vorstellungskraft.

Ich kniete mich vor die Dusche und betrachtete den Vogel von allen Seiten. Er hatte keine sichtbaren Verletzungen. Nirgends war Blut. Keine Feder war gekrümmt. Er hatte funkelnde Augen wie die Tiere, die früher frisch präpariert im Hausgang bei Helmut standen, einem Klassenkameraden von Georg. Die Habichte und Hasen, das Wiesel, der Hecht und der Aal funkelten den Kindern hinterher, die sich schnell an ihnen vorbeidrückten. Der Blick der Untoten folgte einem dennoch. Die Werkstatt von Helmuts Vater, einem Präparator, lag nebenan. Die Kreuzspinne, fiel mir ein, hatte vielleicht dort in den kleinen Würfel Epoxidharz gefunden.

„Frau Miller?!", rief ich in den Gang hinaus.

Niemand gab Antwort.

Ich begann mich zu rasieren und schaute dabei so konzentriert in den Spiegel, dass ich dort nur ein Gesicht sah und keinen schwarzen Fleck dahinter. Seitlich am Hals klebte noch ein Klecks Rasierschaum. Ich nahm den Klecks vorsichtig auf einen Finger, balancierte den Rasierschaum auf der höchsten, aussichtsreichsten Fingerkuppe und verteilte ihn auf dem Schädel, um diesen ebenfalls zu rasieren. Danach war der Kopf glatt und glänzend wie das Gefieder der erwachsenen Saatkrähen, solange sie leben.

Saatkrähen haben angeblich das schillerndste Gefieder unter allen schwarzen Rabenvögeln. Sie sind zudem von allen ihrer Art die sozialsten und wehren Angriffe auf sich und die Ihren kollektiv ab.

Manchmal wüssten die Vögel aber schlicht nicht, wie sie sich zur Wehr setzen sollten, hatte der Hobbyornithologe gesagt.

Im Arbeitszimmer ließ ich mich am gläsernen Tisch nieder und betrachtete ein Paar magere Knie, die nervös im Eis hin und her zuckten, damit sie nicht darin einfroren. Daneben stand ein stabiler, kleiner Koffer, fertig gepackt, um ihn abzuholen und aus einer unpassenden Wohnung in ein (vermeintlich) passenderes Reihenhaus zu transportieren.

Ich zog das Notebook aus dem Rucksack. Es surrte leise und vertraut beim Hochfahren.

Ich tippte:

SHF, med. Kurzform für „Schenkelhalsfraktur"

Ein Oberschenkelhalsbruch entsteht meistens durch einen nicht abgefederten Sturz auf die Seite. Das geht blitzschnell im Alter, einmal ungeschickt fallen, das war's, das kann ein Todesurteil sein.

Ich tippte:

Übersprungshandlung

Handlung, die im Moment nicht richtig ausgeführt werden kann, springt in eine Ersatzhandlung über, deren Sinn

meist nicht klar ersichtlich ist. Zu beobachten bei Menschen
und bei Tieren. Etwa:

Fensterdichtungen zerstören
Köpfe rasieren, die sowieso kahl sind
Etwas schreiben, egal was
Eine Krähe töten

Ich fragte mich, ob man mein Weglaufen gestern Nachmittag auch als Übersprungshandlung bezeichnen könnte. Oder als Feigheit. Oder als Überreaktion. Oder als Schutzflucht.

Ich nahm die Filzhausschuhe, Größe 43, aus dem Rucksack und zog sie über die Füße, um Erfrierungserscheinungen an den Zehen vorzubeugen. Dann legte ich die heiße Stirn auf das Eis des Schreibtisches, um den Kopf abzukühlen. Es war mir gleichgültig, ob ich dabei Spuren hinterließ. Keine Haare, es gab ja keine mehr, bloß Reste von Talg und Hautschüppchen. Keiner kann seine Spuren auf Erden restlos tilgen. Selbst wenn das jemandem gelingen sollte, wäre da immer noch die Erinnerung derer, die einem begegnet sind. Menschen, Hunde, Krähen, ein Fuchs, ein Reh. Erinnerungen lassen sich schwer auslöschen, sie verblassen höchstens mit der Zeit. Sehr wahrscheinlich würde man meinen Bruder bald für mich halten. So wie man mich für meinen Bruder gehalten hatte. Eine Täuschung, ein perfektes Alter Ego. Zumindest mit einer Schiebermütze auf dem Kopf würden die beiden Gestalten bald zu einer einzigen verschmelzen. Und nichts würde fehlen.

Ich tippte:

Spiegelfechten

Bei Vögeln vor allem in der Balz- und Paarungszeit zu beobachten. Männliche Exemplare greifen ihr eigenes Spiegelbild in Fenstern (spiegelnden Flächen) an, weil sie es für ihren Rivalen halten. Im Zusammenhang mit Spiegelfechten, ein frustrierender Kampf, kann es zu Übersprungshandlungen kommen.

War das überhaupt ein Rivale, den ich vor dem Haus gesehen hatte? Sollte ich glauben, was ich meinte, gesehen zu haben? Man kann vor allem dem Sehsinn und dessen Wahrnehmungen nicht bedingungslos vertrauen, erst recht nicht bei Dämmerlicht, wenn man müde und womöglich aufgewühlt ist. Ein emotionaler und mentaler Ausnahmezustand muss nicht nur negative Ursachen haben. Freude auf eine Heimkehr, auf die man sich sehr lange vorbereitet hat, trägt wesentlich dazu bei.

„Hören Sie auf, die Tage zu zählen", hatte Schuster im Krankenhaus zu mir gesagt, „das wird schnell deprimierend. Ich weiß, wovon ich rede. Ich bin schon länger hier."

„Ich addiere die Tage ja nicht", erwiderte ich, „ich subtrahiere sie, ich zähle sie herunter, und so werden es jeden Tag weniger." Ich fand daran nichts deprimierend, im Gegenteil, es baute mich auf.

Schuster betrachtete konzentriert das Leitungssystem unter dem beigen Waschbecken und fragte dann: „Woher wollen Sie denn wissen, von welcher Zahl Sie herunterzählen müssen?" Es sei doch nicht absehbar, wann man hier endgültig rauskäme, mal länger als ein Wochenende.

„Self-fulfilling prophecies", antwortete ich. Ein zugegeben etwas schwammiges Terrain, aber das waren Tumore auch.

„Sie glauben an so etwas? Im Ernst?", fragte Schuster ungläubig. „Das könnte ich nicht. Ich habe aufgehört zu zählen."

„Das sollten Sie lieber nicht", mahnte ich.

Wer zähle, der sei, und wer richtig zähle, der sei auf der sicheren Seite. Das hatte Georg zu mir gesagt, als ich ihn um ein Darlehen bitten musste, weil mein Taschengeld schon wieder ausgegeben war. Mitte des Monats. Ich hatte ihn öfter um Unterstützung bitten müssen, und jedes Mal hatte ich geglaubt, dass es das letzte Mal sei.

Ich scrollte zurück zur Notiz über *Vertrauen* und ergänzte am Ende:

Selbst wenn die Vertrauensgrundlage fehlt: Nur nicht vom Glauben abfallen!

Eigentlich traute ich meinem Bruder weder eine engere Beziehung zu Melitta Miller noch zu seinen Gummibäumen oder zu Eva zu. Was ich Eva alles zutraute und was nicht, konnte ich gerade nicht so genau sagen. Sie hatte mir gestern Abend eine Nachricht geschickt, dass sie meine Mütze und den Schal, den ich wollte, nirgends finde. Ich solle mich melden, falls ich eine Idee hätte, wo sie sein könnten.

Ich hatte keine Idee. Ich hatte Schluckbeschwerden und einen Kopf voller Watte.

Als ich das bodentiefe Fenster öffnete, um mir ein wenig Luft zu verschaffen, trat ich auf ein schwarzes Stück Gummi am Boden. Es sah aus wie eine Fensterdichtung. Eine Botschaft womöglich. Bloß welche? Draußen schrien die Krähen. Es klang heute alarmierender als sonst, was an meinem Zustand liegen mochte.

„Rücksicht", krächzte ich heiser hinaus zu den Krähen, „Kranke und Gekränkte haben mehr Rücksicht verdient."

Die Vögel beachteten mich gar nicht. Sie flatterten empört kreischend und sich ständig umsehend von Ast zu Ast. Erst jetzt, da es richtig hell wurde, sah ich, dass kein einziges Nest mehr in der Platane war, kein einziges Fundament für ein neues Heim, und nicht einmal der Ansatz dazu baumelte noch an einem Zweig.

Erst jetzt spürte ich die bohrenden Schmerzen im Hals, die nicht nur von dem Kloß kommen konnten, der sich schlagartig dort gebildet hatte, wo gewöhnlich die Schilddrüse ist. Die Krähen waren also ebenfalls um den Lohn ihrer Bemühungen betrogen worden. Die Krähenabwehr hatte ganze Arbeit geleistet. Resilienz ist kurzfristig nutzlos bei unerwartet aggressivem Vorgehen der gegnerischen Seite. Resilienz ist etwas für die Langstrecke.

Gewiss hatte ich Fieber. Harmlose Erkältungskrankheiten haben bei Menschen mit lange unterdrücktem Immunsystem mitunter schwere, teils lebensbedrohliche Verläufe. Ich schloss zur Sicherheit das Fenster.

Erst jetzt hörte ich das Summen in meiner Hosentasche, gespürt hatte ich es nicht.

„Gehst du morgens auch nicht mehr ans Telefon?", fragte Eva. „Früher warst du zuverlässiger!"

Ich hatte im Moment keine Lust und keine Stimme dafür, um mit Eva über so heikle Angelegenheiten wie Zuverlässigkeit zu diskutieren. Ich räusperte mich: „Die Vögel, die –"

Mein Hals war so trocken, dass ich husten musste.

„Hast du dich verschluckt oder bist du erkältet? Du hörst dich an wie eine deiner Krähen", sagte Eva und dass sie froh sei, mich erreicht zu haben vor ihrer Sprechstunde. Sie schaffe es heute nicht mehr vorbeizukommen. Doch morgen Vormittag, da komme sie und bringe eine Überraschung mit. Zwei Überraschungen, um genau zu sein. Ich solle auf jeden Fall in der Wohnung bleiben. Sie freue sich.

Morgen war Karfreitag. Am Karfreitag schweigen die Glocken. Die Sünder werden gekreuzigt und die Unschuldigen ebenso. Am Karfreitag trauern die Christen, um sich zwei Tage darauf umso mehr freuen zu können. Aber nicht jeder kann mit Absolution und Auferstehung rechnen.

Das Grundmissverständnis in einem Beziehungskonflikt sei oftmals nicht mehr ausfindig zu machen oder klar zu benennen, hatte Eva gemeint. Das liege daran, dass es diese alleinige Ursache gar nicht gebe. Es seien am Ende viele Dinge, die zur Krise führen würden. Mangelnde Aufmerksamkeit für den anderen und seine Befindlichkeiten und Bedürfnisse sei nur eins davon.

Hausrenovierungen zu unpassenden Zeiten gehörten zur mangelnden Aufmerksamkeit, fand ich. Genauso wie ungefragt davon auszugehen, dass mich das nicht kümmern würde. Vielleicht war die Hausrenovierung gar nicht das Grundmissverständnis, fiel mir ein, sondern die Tatsache, dass ich wider aller Erwarten noch da war (wie die Krähen) und dass mich einige Dinge nur deshalb überhaupt stören konnten.

Ich legte mich nochmals ins Bett, döste mit Krähengezeter, das sich in keinem Echo dieser Welt auflösen wollte. Die Empörung der Vögel sammelte sich in meinem Hals, der mit jeder Stunde wunder und weher wurde.

Also setzte ich mich wieder ans Notebook und tippte:

Kooperation

Bedarfsorientierte Zusammenarbeit, meist zum Vorteil aller Beteiligten.

Geordnete Beziehungen, zum Beispiel durch Dauerehigkeit und andere Kooperationen, geben einer Gesellschaft erst Stabilität. Trotz mancher Missverständnisse und mangelnder Aufmerksamkeit, wegen der einem schon mal der Käse aus dem Schnabel gestohlen wird. Menschen und Krähen können unterschiedlichste Allianzen bilden. Wahrscheinlich sind sie nur deshalb so weit gekommen (weltweite Verbreitung). Und weil sie Allesfresser sind.

Ich holte eine Banane aus der Küche. Ihr weiches Fleisch ließ sich am Gaumen zerdrücken. Das Schlucken war trotzdem schmerzhaft. Ich scrollte zurück zur Liste des Bedarfs und ergänzte vor dem Wort *Handlungsbedarf*:

Bedarf an Kooperation
Bedarf an Schutz
Bedarf an Schnaps

Unten hielt ich aus Gewohnheit das schwere Haustor hinter mir auf, doch da war kein Hund mehr, der hindurchlief und mir wie ein Schatten folgte. Der Schnee von gestern war einem eisigen Ostwind gewichen. Ich hatte Schüttelfrost. Der Supermarkt war nur um die Ecke. Das war zu schaffen. Ich zog die Kapuze meiner Sweatshirtjacke fest über beide Ohren. Melitta Millers Schal hatte ich oben vergessen.

„Heute ohne Hund unterwegs?", fragte der Hobbyornithologe aus dem heruntergekurbelten Autofenster. Er war früher dran als sonst.

Ich nickte, weil ich dem Mann nichts vorkrächzen wollte. Ein schmerzender Rachen hat Anrecht auf Schonung. Wie alte Emaille. Ich beneidete den Mann um seine dicke Strickmütze. Sie sah schön warm aus.

„Die lassen sich einfach nicht unterkriegen", sagte der Mann und zeigte mit einem Fernglas in der Hand hinauf in die Platane.

Es sah so aus, als hätte ein Krähenpaar schon wieder damit begonnen, kleine Zweige in die Leere zwischen den Ästen zu flechten, um darauf ein Fundament für den Nachwuchs zu bauen. Zwei andere Krähen blinzelten zu uns herab, sie kraulten sich die Köpfe mit den Schnabelspitzen, verbeugten sich voreinander und vor uns und hielten Vogelhochzeit. Dass Melitta Miller das nicht freuen würde, war mir im Moment völlig egal.

„Ich glaube, die beiden gehören gar nicht zusammen, die sind gar nicht verpartnert", sagte der Mann, der durch sein Fernglas in die Höhe schaute. Es komme vor, dass mal der eine, mal die andere fremdgehe. Aber dass ein Tier den Partner langfristig wechsle, sei ausgesprochen selten.

Ich schwieg, beeindruckt, dass der Mann die Vögel optisch unterscheiden konnte. Er hatte offenbar einen guten Sehsinn.

Der Mann senkte das Fernglas: „Wir wollen, dass die Krähen standorttreu werden. Wäre das was für Sie? Die Vögel regelmäßig füttern in den nächsten Tagen?"

Ich räusperte mich, sagte leise „Eher nein" und hob die Hand zum Abschied.

„Besorgen Sie Walnüsse, die haben eine bessere Fett-Protein-Leistung als Erdnüsse. Das brauchen die

Vögel nach dem Winter und vor der Eiablage", rief mir der Mann hinterher. „Und keinen Käse mehr! Die Erdnüsse waren schon von Ihnen, nicht wahr?"

Ich schüttelte den schweren, heißen Kopf. Jedenfalls konnte ich mich an nichts dergleichen erinnern.

„Und das Hundefutter?", schrie der Hobbyornithologe.

Die Zeiten der Deckung und Geheimniskrämerei waren vorbei. Seit heute wurde ganz offen gekämpft und laut durch die Straße geschrien. Die Fronten verliefen jetzt quer durch den helllichten Tag. Ich beschleunigte meine Schritte.

Vor dem Spirituosenregal im Supermarkt fiel es mir plötzlich ein: Die Krähe in der Duschkabine heute Morgen war weder eine Prophezeiung noch die Bestätigung eines Verlusts. Sie war nichts anderes als ein weiterer Lockvogel! Ein freundliches, totes Lockbild sollte mich ködern und weichklopfen, und am Ende würde ich selbst in die Schusslinie und ins Verderben tappen. Die Frage war nur, auf welche Seite ich gelockt werden sollte. Auf jene der Vertreibung? Oder auf jene der Verteidigung? Ich konnte nicht mit Bestimmtheit sagen, dass Melitta Miller die Krähe dort abgelegt hatte. Obwohl sie außer mir (und Georg vermutlich) den einzigen Schlüssel zur Wohnung hatte, von dem ich wusste. Allerdings musste ich mittlerweile davon ausgehen, dass ich längst nicht alles durchschaute und bei Weitem nicht alles hörte, was in der Straße vor sich ging.

Dabei trägt der Matrose im Krähennest eine große Verantwortung. Jedes für die Sicherheit des Schiffes und der Besatzung relevante Vorkommnis, das erspäht, erlauscht oder gerochen wird, ist sofort an den diensthabenden Wachführer zu melden. Bei Bedarf sind alle an Bord in Alarmbereitschaft zu versetzen.

Auf dem Platz vor dem Supermarkt öffnete ich den Rum und nahm einen Schluck gegen die pochenden Halsschmerzen. Es pochte vor allem seitlich im Hals, unterhalb des Ohrs, wo Hunde gern gekrault werden und wo bei Menschen das Lymphsystem (der Wächterknoten zuerst) stark anschwillt, wenn es in höchste Alarmbereitschaft versetzt ist. Ich ließ das Getränk eine Weile im Mund kreisen, ich legte den Kopf zurück und gurgelte, zur Verwirrung einiger Passanten, um den Rum anschließend langsam die Kehle hinunterrinnen zu lassen, wie Großmutter es mir beigebracht hatte. Der Schnaps brannte im Hals wie Feuer. Nach dem dritten Schluck wirkte die Betäubung endlich.

Etwas Rum im Tee habe noch niemandem geschadet, hatte Großmutter gesagt. Das desinfiziere, wärme von innen und wirke sogar vorbeugend.

Ich hatte im Moment nur keinen Tee.

Großmutter war es auch, die mir in jenem Fasching, als ich keinen Revolver mehr bekommen hatte, den Indianerkopfschmuck kaufte. Eine Reihe schreiend bunter Federn an einem Stirnband. Wir malten die Federn mit Filzstift schwarz an, damit der Indianer aussah wie ein Geisterindianer. Die schwarzen Federn waren stumpf, abgründig und bedrohlich. Wenn ich den Kopfschmuck aufsetzte, färbte jedes Mal etwas von dem Abgrund auf meine Haut ab. Ich war auf dem Kriegspfad und bekannte Farbe. Es machte nichts, dass mir das Stirnband etwas zu groß war und ständig vor die Augen rutschte.

Als ich kurz darauf wieder in Georgs Arbeitszimmer trat, schwamm das Gewehr im Eis. Schwarz und stumpf lackiert, mit einem Schaft aus Holz, der es an der Oberfläche hielt, driftete das Gewehr auf dem Glastisch im Arbeitszimmer und trieb das Notebook vor sich her. Die Waffe sah dem Stutzen von Old Surehand ähnlich, den Georg später gewinnbringend an den Meistbietenden verkauft hatte. Melitta Miller stand am offenen bodentiefen Fenster, zu dem der eiskalte Ostwind hereinblies, und wandte mir den Rücken zu. Die Vögel im Baum waren so beschäftigt miteinander und mit dem Nestbau, der von vorn begann, dass sie weder das versiegende Licht noch die bewegungslos lauernde Jägerin wahrnahmen.

„Was machen Sie da!?", fragte ich mit rauer Stimme und klatschte laut in die Hände, um die Krähen aufzuscheuchen.

Melitta Miller wandte sich überrascht um. „Herr Höch! Ich habe Sie gar nicht kommen hören."

„Ich habe einen Schlüssel. Ich habe nicht geklingelt."

Sie starrte mich an, als ob sie nicht wüsste, ob sie fliehen oder angreifen sollte. Ein Reh, ein Fuchs, einer dieser Jagdhunde mit Schlappohren kamen mir in den Sinn. Es war eiskalt im Zimmer. „Sie werden sich den Tod holen", meinte ich und deutete auf die dünne Bluse, die Melitta Miller trug. Die Bluse war schwarz und glänzend wie das Gefieder der Saatkrähen, die sich, vom Klatschen aufgeschreckt, auf die Dachgiebel gegenüber zurückgezogen hatten und nun abwartend zu uns herüberblickten.

„Ich verliere nicht gerne", sagte Melitta Miller. „Ich habe noch nie verloren."

Sie kam näher. Ich hörte ihre offenen Haare knistern. Sie nahm das Gewehr vom Tisch und schaute mich dabei direkt an. Ihre Augen hatten fast dieselbe Farbe wie ihre Haare, die heute zum ersten Mal nicht zusammengebunden oder hochgesteckt waren, sondern lose und rotbraun über die schwarz glänzenden Schultern strichen.

„Luftdruck mit Seitenspanner und Schalldämpfung", sagte sie, so ein Gewehr sei ideal fürs Jagdtraining und würde niemanden belästigen, auch nicht übersteuerte oder viel zu empfindlich eingestellte Hörgeräte. Ein Schuss mit diesem Gewehr sei kaum zu hören.

„Möchten Sie?", fragte ich und hielt die Rumflasche hoch.

Der Rum hatte eine ähnliche Farbe wie Melitta Millers Haare und der hölzerne Schaft des Gewehrs. „Diana" las ich auf dem Lauf der Waffe. Die Göttin der Jagd ist

bewaffnet mit Pfeil und Bogen. Und sie ist noch treff-
sicherer als die englischen Langbogenschützen und die
Indianer in den Prärien, Wäldern und Straßen dieser
Erde. Die Gejagten einer Göttin haben nicht den Hauch
einer Chance.

Ich stellte die Rumflasche ab und nahm Melitta Miller die Waffe behutsam aus der Hand. Göttinnen und
Gewehre konnte ich genauso wenig zusammendenken wie
meinen Bruder und Eva. Der Stutzen war schwerer als
erwartet. Melitta Miller trat stumm zur Seite. Sie machte
mir respektvoll Platz am bodentiefen Fenster, ohne mich
eine Sekunde aus den Augen zu lassen. In der Stille
hörte ich ihre Haare über die rabenschwarzen Schultern
rascheln. Ich hörte sie den Korken aus der Flasche ziehen
(es war ein guter Rum) und einen Schluck nehmen.

Dann fiel der erste Schuss.

Ich roch das stechende Schießpulver und ihr Parfum, ich
roch ihren Hals und ihre kühle Haut. Sie rochen nach Wald
und Moos und entfernt nach etwas, das ich kannte, aber
nicht gleich benennen wollte. Es war der Geruch, den ich
im zuckenden blauen Licht vor der Seniorenresidenz schon
wahrgenommen hatte. Ich hob irritiert die Nase in die rotbraunen Haare, die im Dunkeln wie ein Kranz knisternder
schwarzer Federn um ein blasses Gesicht hingen. Darunter
roch es nach Tod und nach Rum. Es roch nach dem herben
Schweiß der Hunde, die Diana stets zur Jagd begleiteten

und die nackte Göttin draußen im kalten Wald wärmten. Ich wusste im Finstern unter der Decke nicht, wer welchen Geruch verströmte. Ich spürte den Schweiß auf der Haut gefrieren, die Hitze des Rums im Bauch und den Druck in der Brust, aus der die flatterhaften Vögel allesamt geflohen wären, wenn sie es könnten, denn die Jägerin hatte ihre Witterung keine Sekunde verloren.

„Das erste Brutpaar sollte gleich vergrämt werden. Gewöhnlich ist es die Vorhut einer ganzen Kolonie", flüsterte sie in mein Ohr. „Und ich mag kein Schwarz." Sie fuhr mit der Zunge vom Ohr seitlich über meinen Hals und über die Schlagader.

Ich spürte die Schwere in den Beinen, die jede rettende Flucht verweigerten. Ich zog einen piksenden Pfeil unter meinem Schenkel heraus und warf ihn zu Boden.

„Wir müssen dringend etwas tun, wir müssen unsere Heimat verteidigen, unsere Ruhe", flüsterte Melitta Miller weiter. „Ich mag keinen Lärm."

Ich hätte nun entgegnen sollen, dass es so etwas wie Heimat gar nicht gibt, dass Heimat im Grunde bloß eine Reihenhausfassade ist, ein sturmgebeuteltes Krähennest, fremde Lippen, die unnachgiebig auf den eigenen liegen. Lauter Kulissen, lauter verlockende, kurzlebige Ideen, die selten halten, was sie so leichthin behaupten. Aber ich konnte nichts sagen, weil mir ein Kranz knisternder schwarzer Federn die Nase verschloss und den letzten Rest Atem raubte.

XI.

„Sie verlieren die Füllung", hatte Schuster gesagt und eine kleine, reinweiße Feder von meinem Morgenmantel gezupft. „Oder sind Sie in der Mauser?"

„Bestimmt vom Bettzeug", entgegnete ich und fragte mich, wie es Schuster schaffte, ständig meine Wege zu kreuzen, wenn es dringend war. Er hatte mich im Krankenhausgang gestellt, auf dem Weg zu den Toiletten.

„Bestimmt nicht", sagte Schwester Edith, die aus dem Schwesternzimmer getreten war. Aus Gründen der Hygiene gebe es in keiner Klinik, die sie kenne, Bettzeug mit Federn. Sie hatte Schuster die weiße flaumige Feder aus der Hand genommen und drehte sie nachdenklich vor ihrem Gesicht hin und her. Diese Feder komme zweifelsohne von einem Engelsflügel.

Schwester Edith hatte tatsächlich „zweifelsohne" und „Engelsflügel" gesagt, bevor sie den Gang entlang eilig verschwand. Schuster bückte sich nach der Feder, die zu Boden gesegelt war. Ich meinte zu sehen, wie er dabei

seinen eigenen Morgenmantel nach einer weißen Engelsfeder absuchte, während ich weiter zu den Waschräumen
schwebte. Ich fühlte mich so leicht, als hätte ich Flügel
und bräuchte den Boden gar nicht mehr, um voranzu-
kommen.

Das Erste, das ich spürte, war die Kälte. Die Haut, die
ich berührte, war klebrig von kaltem, halb getrocknetem
Schweiß. Das Erste, das ich sah im Morgengrau, war eine
kleine schwarze Feder. Sie lag vor mir auf dem Kopfpolster, und ich wusste selbst im Zwielicht sofort, dass es eine
Feder sein musste. Die kalte, klebrige Haut war meine
eigene. Der Körper, der darin steckte, war so schwer, dass
ich ihn kaum aus dem Bett brachte. Ich lebte also. Es war
eiskalt in der Wohnung. Auf dem Weg ins Bad schloss ich
das bodentiefe Fenster im Arbeitszimmer, das wohl die
ganze Nacht lang offen gestanden hatte.

Ich stellte mich unter die Dusche und nahm mir vor,
erst einmal nicht nachzudenken. Denken führt nicht
immer irgendwohin, es kann einen manchmal sogar in die
Irre führen oder zumindest nicht dorthin, wo man hoffte
hinzukommen. Das heiße Wasser brauchte eine Weile,
um den ausgekühlten Körper wieder aufzuwärmen. Es
gluckerte beruhigend im Abfluss. Auf der weißen Emaille
der Duschwanne standen zwei blassrosa Füße, die zu zwei
knochigen Beinen gehörten. Die Füße und Zehen waren
recht gerade und nicht krumm erstarrt im Todeskampf

wie jene der Kunststoffkrähe. Sie lag am Rand der Duschwanne wie ein Kinderspielzeug, auf dem kleinen, erhöhten Absatz neben dem Shampoo, für das haarlose Wesen keine Verwendung haben.

Was war mit der Krähe von gestern passiert? Das Todesomen, der Galgenvogel, der weise Göttervogel, der in die Luft geschickt wurde vor jeder Schlacht, vor jedem großen Kampf, um aus seinem Flug deren Ausgang zu deuten. Hatte ich den toten Vogel entsorgt? Möglicherweise war das alles auch nur eine Sinnestäuschung und es war stets der Kunststoffvogel, die billige Attrappe gewesen, die hier in der Duschkabine lag? Zu viel Vorstellungskraft (echte Federn, ein echter toter Vogel) kann genauso verhängnisvoll werden wie zu wenig Vorstellungskraft. Ich glaubte noch zu wissen, dass ich das freundliche Lockbild aus Kunststoff in den Mülleimer geworfen hatte. Zusammen mit silbernen Spiralen und einem Gummibaumblatt, das bis auf seine gebrochene Blattader so erschreckend frisch und grün und glatt war wie am ersten Tag.

Da ich nicht wusste, was ich rufen sollte, wenn ich nun aus dem Badezimmer nach Melitta Miller rief, um sie nach der Krähe zu fragen, schwieg ich lieber. Sie einfach „Melitta" zu rufen, war unmöglich. Mund und Zunge weigerten sich, die Buchstaben zu formen. Außerdem konnte ich nicht mit Sicherheit sagen, ob es angebracht gewesen wäre. Im Moment konnte ich überhaupt nichts mit Bestimmtheit sagen. Das Gedächtnis kann trügen, und Prophezeiungen erfüllen sich nicht von selbst, auch wenn man das will. Wer ist schon so naiv, daran zu glauben? Kognitive Fähigkeiten (auch das Gedächtnis) werden nicht bloß durch traumatische Erfahrungen oder Übermüdung, sondern zusätzlich durch akute Erkältungen eingeschränkt, gegen die man zu viel Rum trinkt. Hinter der Stirn pochte es heute ähnlich schmerzhaft wie im Hals.

Draußen krächzten die Krähen, es klang kehlig und stiller als sonst. Ich zählte zehn Vögel, die ungewohnt ruhig im Baum verharrten. Das würde Melitta Miller nicht freuen, all das Schwarz vor dem Fenster.

Ich hatte vergessen, ihr zu erzählen, dass die Rabenvögel nicht immer schwarz gewesen waren. Einst waren sie nämlich weiß und rein wie Schnee oder eine Engelsfeder. Apollon schickte eine solche weiße Krähe zur Bewachung seiner Geliebten Koronis. Als der Vogel von einem anderen Mann bei ihr berichten musste, färbte der Gott den Boten schlechter Nachrichten in seinem Zorn und auf alle Ewigkeit schwarz. Die Krähe hatte es versäumt, Koronis gut genug zu bewachen. Und ihr die Augen auszuhacken. Apollons Schwester aber, die Göttin der Jagd, tötete die untreue Geliebte mit einem ganzen Köcher Pfeile. Kein einziger verfehlte sein Ziel.

Während ich mich anzog, behielt ich die kleine schwarze Feder auf dem Bett im Blick. Großmutter hatte mich so genannt, nachdem wir den Indianerkopfschmuck angemalt hatten: Schwarze Feder.

„Alle Indianerfeinde machen wir nieder", hatte mein Bruder gesagt und mir so anerkennend auf die Schulter geklopft, dass die schwarzen Federn auf meinem Kopf raschelten und knisterten.

„Ist der jetzt ein Crow und kein Apache mehr?", fragte Helmut, der sich auskannte mit den Indianern und trotzdem keiner sein wollte. Auf ein Pappschild schrieben wir in Rot und Schwarz „Indianerreservat". Das Schild hing an der Gartenpforte, wo Georg die erste Wache schob. Den Stutzen stets schussbereit im Anschlag.

Wie oft hatte ich gestern Abend geschossen? Ohne Rücksicht auf die Krähen. Ohne Rücksicht auf die Indianer in der Straße, die Apachen, Crow, Cheyenne, die lieber mit Pfeil und Bogen jagten und missbilligend den Kopf über die Ballerei schüttelten. Ohne Rücksicht auf die Seniorinnen und Senioren nebenan, bei denen die Schüsse Erinnerungen weckten, die nie überwunden werden können und die im Verborgenen schlummern, um plötzlich wachgerüttelt zu werden. Ein Schuss bleibt ein Schuss, obwohl Luftdruck mit Schalldämpfer deutlich leiser ist als eine Platzpatrone.

Ich steckte mir die kleine schwarze Feder hinters Ohr und schaute aus dem Fenster. Die Krähen im Baum wirkten nervös. Sie schüttelten ihr Gefieder, sie putzten ständig darüber, wie um lästige Gedanken abzustreifen. Zwei Vögel wandten sich nun mir zu, sie verneigten sich, statt mich anklagend anzuschreien oder panisch das Weite zu suchen. Anscheinend erkannten sie den Jäger ohne sein Gewehr nicht wieder oder sie trugen mir jedenfalls nichts nach. Keinen einzigen Schuss. So viel Absolution gehörte belohnt.

In den Manteltaschen waren noch die Walnüsse, die ich im Supermarkt gekauft hatte. Hundefutter hatte ich keines mehr. Melitta Miller hatte nirgends in der Wohnung Spuren hinterlassen. Kein Schal hing über einem Küchenstuhl oder an der Garderobe, kein Gewehr lag da, das unerlaubt und ohne Ankündigung in einer friedlichen Siedlung auf Nachbarn schoss. Ich tastete nach der Feder hinter meinem Ohr und fragte mich, ob ich nur sinnlos betrunken gewesen war (und erneut Wunschträumen erlegen) oder ob ich nicht spätestens jetzt anfangen müsste, mich zu schämen.

Doch die Scham kam nicht.

Ich würde Eva nachher vorschlagen, dass sie und ihre Klientinnen und Klienten es sich hier in Georgs Arbeitszimmer gemütlich machen sollten. Auf dem einzigen Sessel neben dem bodentiefen Fenster und am gläsernen Schreibtisch sitzend könnten sie sich ein Beispiel nehmen an den Krähen. An den kooperativen Schutzflüchtlingen, an den Meisterinnen und Meistern an Hartnäckigkeit und Anpassungsfähigkeit. Hatte ich mich gestern auch nur der Situation angepasst? Ich würde Eva außerdem sagen, dass es bei Paaren, die länger zusammen sind, völlig normal ist, dass sie weniger miteinander kommunizieren. Denn über Jahre eingespielte Teams verstehen sich oft lautlos, hatte der Hobbyornithologe erzählt.

Im Treppenhaus war kein Ton zu hören. Wieder einmal hatte ich den Verdacht, dass das alles nur eine Inszenierung für mich war. Das Haus, in dem man nie jemandem begegnete, die Wohnung, die viel zu makellos war (bis auf eine Gießkanne und mich), die Krähen, die sich durch nichts und niemanden vertreiben ließen. Und Melitta Miller. So eine Jägerin ließ sich doch nicht ablenken, Diana stieg nicht herab in einen Pfuhl irdischer Wunschträume, die sich als Prophezeiungen tarnten.

Vielleicht sollte mich die schwarze Feder auf dem Kopfpolster daran erinnern, dass manche Wesen nicht zu fassen sind. Nicht mit den Händen und nicht mit dem Verstand. Sie lassen höchstens eine kleine Feder zurück, um die Sehnsucht nach ihnen ständig zu nähren, anstatt sie zu stillen.

Hinter mir fiel das Haustor schwer ins Schloss. Vor mir lag die Krähe mitten auf dem Gehweg unter der Platane. In der Seniorenresidenz waren die meisten Fenster im Erdgeschoss bereits erleuchtet. Der Frühstücksraum, nahm ich an. Ich schaute mich um nach dem Mann mit der Strickmütze, dem Hobbyornithologen, der in seinem Auto saß, um die Krähen zu bewachen. Die geparkten Autos auf der gegenüberliegenden Straßenseite waren alle leer.

Die Autos auf meiner Straßenseite waren weiß gesprenkelt vom Krähenkot. Die Kleckse leuchteten fluoreszierend im frühen Licht. Die Zweige und fetten Blattknospen des Baums hoben sich deutlich vom hellen Himmel ab. Die Krähen saßen jetzt weiter unten in der Platane, sie beäugten mich abwartend. Sie tauschten dabei ununterbrochen Botschaften aus, Kopfnicken, Kopfschiefhalten, kehliges Grollen. Kondolenzen wahrscheinlich. Oder offene Fragen. Als ich näher kam, hüpften die Vögel etwas höher in die Äste. Als ich unter den Baum trat und die Krähe mit der Schuhspitze anstupste, erhob sich lautes Gezeter über diesen Frevel.

Und da überkam mich die Scham.

Angesichts der verkrampften Beine und des schiefen Halses schämte ich mich in Grund und Boden. Ich musste annehmen, dass ich den Vogel gestern im Halbdunkel aus Versehen erschossen hatte. Je höher der Luftdruck, desto größer die Wucht des kleinen Projektils. Es schoss ohne Weiteres bis zu den umliegenden Dächern und darüber hinaus. Die Jagd mit Luftdruckwaffen ist streng verboten, eben weil sie nicht sauber tötet, sondern meist nur schwer verletzt, woraufhin die Opfer qualvoll verenden. Dieser Vogel vor mir war kein freundliches Lockbild aus Kunststoff, er war ein echtes Opfer. Sein nackter Schnabelgrund leuchtete weiß und grindig und vorwurfsvoll.

Mit vollen Händen warf ich die Nüsse aus meinen Manteltaschen den Gehweg hinunter, so weit ich konnte.

Die Krähen blieben misstrauisch in der Platane sitzen. Ihr Blick wanderte von den Nüssen zu dem Artgenossen, den sie beklagten und in dessen Federn nun grob der Wind fuhr, um zu sehen, ob noch ein Hauch Leben in dem Balg war. Unter einem schwarzen Krähenflügel legte der Wind eine Ansammlung bunter Federn bloß. Es war der gefiederte Schaft eines Pfeils, wie ihn Sportbogenschützen verwenden. Die Pfeilspitze auf der anderen Seite des Vogelkörpers war abgebrochen. Ich wandte mich ruckartig um, als könnte der Bogenschütze versteckt hinter dem beachtlichen Platanenstamm lauern, den nächsten Pfeil zwischen Zeige- und Mittelfinger schon auf seine Sehne gespannt.

Halb verdeckt durch den Stamm verschwamm nun eine cremeweiße Hose vor meinen Augen. Ich trat näher. Der Stoff war verdreckt, wie von einem moosigen, schmierig nassen Baumstamm, der am Ende viel zu glatt war, um irgendjemanden vorwärts oder gar in die Höhe kommen zu lassen. Hochstämmige Platanen sind keine guten Kletterbäume, selbst bei trockenem Wetter nicht. Die Hose gehörte zu einer Frau, deren Haare rotbraun verklebt waren von Dreck und Blut. Die Farbe der Augen konnte ich nicht sehen, sie waren geschlossen.

„Tiere trauern, wussten Sie das?", hatte Schuster im Krankenhaus gesagt. „Tiere sind viel schlauer, als wir denken. Hunde besonders."

Aus den Platanen hallte das traurige Krah-krah der Vögel. Doch plötzlich klatschte einer hart in die Hände, damit endlich Ruhe und Frieden hier sei. Der magere Mann unter der Platane konnte sehr laut klatschen. Die Krähen flogen eine nach der anderen hoch, sie zogen sich ohne viel Geschrei auf die umliegenden Dächer zurück.

Wie schlau musste man sein, um Trauer empfinden zu können? Trauer hat ziemlich sicher nichts mit Intelligenz zu tun, widersprach ich Schuster im Stillen, sie setzt dort an und findet dort ihren Widerhall, wo auch das Vertrauen zu Hause ist. Denn das Vertrauen in sich, in die anderen oder in die Realität kann durch nichts sonst so schwer erschüttert werden wie durch einen Verlust.

Ich versuchte, einen Puls zu erfühlen, spürte jedoch nur das eigene Zittern und die Kühle ihrer Haut. Als ich versuchte, etwas zu sagen, kam nur ein dumpfes Krächzen aus meinem Mund. Ich steckte das Mobiltelefon wieder weg, das ich bereits in der Hand gehalten hatte, um den Notruf zu wählen. Ich wollte schreien, um die Nachbarn aufzuwecken. Niemand in der Straße reagierte mehr auf raues Gekrächze. Einzig eine Krähe antwortete von weiter weg wie ein Echo. Unter ihrem Harr-harr-harr rannte ich von Hauseingang zu Hauseingang, von Klingelschild zu Klingelschild. Ich drückte die Finger alle zugleich auf die Knöpfe und ließ es läuten, wie es noch niemals geläutet hatte an einem Karfreitagmorgen. Die so unsanft Geweckten rannten gewiss nicht im Pyjama zur

Wohnungstür, sondern voller Zorn gleich ans Fenster zur Straße, um herauszufinden, wer an so einem Tag um diese Zeit einen Klingelstreich wagte. Doch draußen rannte keiner weg, keine übermütigen Kinder, keine torkelnden Betrunkenen. Dort draußen lag Melitta Miller.

Im Hauseingang stehend wartete ich auf Hilfe, auf Erlösung, darauf aufzuwachen. Die Frau mit den kurzen blonden Haaren trat als Erste aus dem Gartentor der Seniorenresidenz auf den Gehweg. Sie sah sich um, stieg über den toten Vogel am Boden und lief zur Platane, an deren mächtigem Stamm Melitta Miller lehnte. Als sich aus anderen Hauseingängen weitere Gestalten lösten, verließ ich den Wachposten. Ich hatte Meldung gemacht, wenn auch spät, selbst aus dem Krähennest hatte ich die Gefahr nicht vorher erkannt.

Oben in der Wohnung stolperte ich über einen kleinen, aber stabilen Koffer, der im Gang hinter der Tür abgestellt war, als wäre jemand auf dem Sprung oder auf der Flucht. Ich bekam kaum Luft. Es ist nicht vorgesehen, dass Rekonvaleszente drei Stockwerke die Treppe hochrennen. Es ist nicht vorgesehen, dass sie sich draußen herumtreiben, ohne jede Kopfbedeckung, obwohl sie krank sind und sich schützen müssten vor den Unbilden des Wetters und des Lebens. Es ist ebenso wenig vorgesehen, dass morgens Tote und Verletzte auf dem Gehweg liegen.

Ich lief ans bodentiefe Fenster und öffnete es. Unten stand eine kleine Gruppe. Ein Mann mit wilder grauer Mähne, der die schwarzen Vögel auf den Dächern rundherum böse anstarrte. Ein alter Mann, der eine Kapitänsmütze an seine Brust drückte und sich mit beiden Händen daran festhielt. Die Leiterin der Seniorenresidenz sprach immer noch in ihr Mobiltelefon. Ein Mann mit Halbglatze, den ich nicht kannte, kniete neben der Frau am Boden.

Auf einmal stand ich neben ihnen. Ich roch Melitta Millers Parfum, eine Mischung aus Kälte, Moos und Blut, das irritierenderweise eine ähnliche Farbe hatte wie die Haare, in denen das Blut klebte. Der Fuchs und der Jagdhund kamen mir in den Sinn, die unachtsam und geifernd vor Eifer ihre Beute verfolgen und dabei selbst in die Schusslinie geraten.

„Ist sie tot?", fragte der Mann mit der wilden grauen Mähne so vorsichtig, wie man es einem Wolf niemals zugetraut hätte.

Der alte Mann mit der Kapitänsmütze deutete in den Baum: „Sie ist da nicht wirklich hochgeklettert? Das ist ein Riesenbaum, und so rutschig. Das ist kein Großmast mit Strickleiter und abgesichertem Ausguck, dort oben gibt es kein Krähennest."

Der Mann, der sonst den sportlich karierten Lodenhut trug (ich hatte ihn gerade erst erkannt), schnaufte: „Das war kein Unfall. Das glaube ich nicht." Er zeigte auf die Nüsse am Gehweg und fuhr über seine Halbglatze. „Irgendwer hat die Vögel gefüttert und –"

Ich glaubte keinem von ihnen auch nur ein einziges Wort. Wer wagt es schon, Göttinnen anzugreifen, und wenn: Sie sind unsterblich. Außerdem stürzen Göttinnen nicht einfach ab, nicht an Land und nicht auf See. Göttinnen können nur stürzen, wenn sie sich mit Irdischen einlassen. Und jede Rettung käme dann zu spät.

Hinter den Gitterstäben des bodentiefen Fensters im dritten Stock wippte ein magerer Mann hilflos vor und zurück. Die Krähen auf dem Dach gegenüber beobachteten ihn mit einer Mischung aus Mitgefühl und Verwunderung und wippten irgendwann mit. Die Äste der Platane schlossen sich an, sie schwankten im Wind, bis sie ächzten vor Empathie. So schwankten wir eine Weile zusammen, der Mann, der Baum, die Vögel, als führen wir alle in ein und demselben Boot.

Da ertönte das erste Martinshorn, und die Vögel flogen auf und davon. Ich beneidete sie. Um zumindest die Beine zur Ruhe zu bringen, steckte ich sie ins zähe Eis unter den gläsernen Schreibtisch.

Ich öffnete das Notebook und tippte:

Raubzeug (veraltet, Jägersprache)

Soll angeblich Nutzwild töten oder ihm schaden. Zeitweise zählten Füchse, Raben und Krähen dazu, ebenso wildernde Hunde. Raubzeug durfte geschossen werden.

Ich zog das Lexikon der Wirtschaftsbegriffe aus dem Regal und schlug es bei „V" auf. Ich las, dass „Verlust" bei Einzelunternehmen und Personengesellschaften unmittelbar das Eigenkapital mindere und der Verlust deshalb auf das Kapitalkonto zu übertragen sei.

Ich tippte:

Verlust an Eigenkapital

Verlust an Krähen

Verlust an Leben

Verlust der Jägerin

Verlust an Führung

Verlust an jeglichem Bedarf

Ich tippte:

Martinshorn

Benannt nach dem Hersteller Deutsche Signal-Instrumenten-Fabrik Max B. Martin (seit 1932). Akustisches Warnsignal für alle Rettungsdienste (Feuerwehr, Polizei, Rettung). Unterscheidbar durch hohe und tiefe bzw. kurze und lange Tonabfolgen.

Die Sirenen, die ich hörte, konnte ich sofort der Rettung und der Polizei zuordnen. Schuster hätte bestimmt gefragt, ob es eigentlich ein gutes oder ein schlechtes Zeichen sei, dass beide gleichzeitig angefahren kämen. Gäbe es da noch Hoffnung oder eben keine mehr?

Ich tippte:

Hoffnung

Und wartete darauf. Sie kam nicht.

Schuster hätte nicht aufhören sollen, die Tage zu zählen. Wer zählt, ist, wer zählt, hofft darauf, weiterzählen zu können, glaubt fest daran, übersehen zu werden bei der Auslese.

Die Sirenen verstummten. Ich wollte nicht auf den Gehweg hinuntersehen, ich wollte die Hoffnung, falls sie käme, nicht durch ein Wissen vertreiben, dessen Vertrauensgrundlage ich nicht zufriedenstellend kontrollieren könnte. Jägerinnen sind zäh, selbst wenn ihre Sommersprossen bereits bleich sind wie die Haut. Solange unten die Stimmen hektisch durcheinanderschallten, war nichts verloren. Ich schaute in den hellen Himmel, vor dem die Blatt- und Blütenknospen der Platane langsam prall wurden und vor dem das neue Fundament eines Krähennestes ein schwarzer Kahn war, der sich bereitwillig von den Elementen, von Wind und Wasser schaukeln ließ. Sich gegen die Elementarkräfte zu wehren, hat keinen Zweck. Krähen wissen das. Ihre Gegner hier in der Straße wurden von den Vögeln offenbar nicht zu solchen elementaren Kräften gezählt, denen man klugerweise nachgeben müsste. Das fand ich trotz allem und im Hinblick auf die Zukunft der Welt beruhigend.

Ich tippte:

Den verstörten Krähen, falls sie überhaupt zurückkämen, würde ich später sagen, dass so etwas wie Heimat ohnehin nicht existiert, und wenn, dann als Einbildung, und dass alles auf Erden zum Wandern verdammt ist.

Ich schloss das Notebook und steckte es in den Rucksack. Im Schlafzimmer hob ich die Überdecke auf, die auf den Boden gerutscht war. Ich schüttelte die Decke aus. Ich schaute unter das Bett. Der Pfeil mit der bunten Befiederung am Schaftende war verschwunden. Ich musste davon ausgehen, dass Melitta Miller den Pfeil mitgenommen hatte, dass sie ihn dem Bogenschützen persönlich überreicht oder selbst auf die Krähe geschossen hatte. Oder hatte der Bogenschütze die Krähen verteidigt? Und die Jägerin hatte darüber jeglichen Halt verloren? Unfälle mit Waffen passieren nicht nur im Haushalt. Bei der Jagd und im Krieg, am Rand des Schlachtfelds, gibt es die meisten Kollateralschäden.

Ich breitete die Überdecke über das Bett. Ich wollte keine Spuren hinterlassen, wenn ich diese Wohnung gleich verließ.

„Flucht ist eine natürliche Reaktion, wenn man keinen Ausweg sieht", hatte Schwester Edith gesagt, als ich drauf und dran war, das Krankenhaus zu verlassen, weil sämtliche Therapien bei mir zuerst nicht angeschlagen hatten.

Wilde Tiere fliehen, wenn sie eine Gefahr wittern. Sie sind keine Mängelwesen, sie haben funktionierende Instinkte, angeborene Verhaltensweisen, denen sie folgen. Doch manchmal geraten sie in Panik, was verheerend enden kann. Das fliehende Reh kam mir in den Sinn, das es versäumt, rechtzeitig vor dem Abgrund zu bremsen.

Und ich hatte es nicht aufgehalten. Ich hatte es auch versäumt, mehr zu reden. Mit der Krähenabwehr und mit den Vogelfreunden. Vielleicht hätten sie sich einiges zu sagen gehabt.

In der Küche leerte ich den letzten Rest Rum aus, nachdem ich gegurgelt und einen Mundvoll gegen die Halsschmerzen genommen hatte. Der Rum brannte wie Feuer durch den wunden Hals und in der engen Brust voller gefangener Vögel. Ich verknotete den Müllbeutel und stellte ihn zum Koffer neben die Wohnungstür. Das freundliche Lockbild, die schwarze Kunststoffkrähe, war seitlich an die dünne, weiße Haut des Müllbeutels gerutscht. Nun war der Vogel wieder weiß und rein wie damals, als er den Göttern noch von keinem Vertrauensbruch der Menschen berichten musste. Und von keinen eigenen, fatalen Versäumnissen.

Ich wartete auf die Schuldgefühle.

Sie kamen im Schwarm, sie brachen aus der Brust, eine ganze Kolonie. Ich rang nach Atem, ich zog mich zurück ins Arbeitszimmer, wo ich einen Flügel des bodentiefen Fensters öffnete, um die Schuld hinauszulassen. Zwei Krähen saßen schon wieder gegenüber auf dem Dachfirst. Sie schienen zu wissen, dass sie besser schweigen sollten, bis die letzten Menschen unter der Platane sich verlaufen hatten. Sie spürten offenbar, dass Pietät angebracht und Schweigen in manchen Kulturkreisen ein Teil davon war.

Hören Sie? Hören Sie das?, hätte ich jetzt gerne zu Melitta Miller gesagt. Diese Vögel können sehr wohl still sein. Sie täuschen sich in ihnen. Man täuscht sich so oft in dem, was man nicht kennt. Und in dem, was man zu kennen glaubt, täuscht man sich ebenfalls dauernd. In Frauen, in Brüdern, in Hunden, in Füchsen und Rehen und in sich selbst.

Ich hielt mich am Geländer fest und ließ den Schwarm hinausfliegen, um meine Schuld gemeinschaftlich zu teilen mit den anderen Menschen in der Straße. Das flackernde Blaulicht des Rettungswagens erleuchtete ihre Gesichter. Der Wagen fuhr los, gefolgt vom Notarztauto. Die kleine Gruppe unter der nackten Platane blieb einfach stehen. Ich sah den Wolf, der sich so leise mit einem Polizisten unterhielt, dass ich nur Gemurmel hörte. Der Mann, der sonst immer einen Lodenhut auf dem Kopf trug, wies in die verwaiste Baumkrone. Andere Blicke folgten der Hand. Deshalb sahen sie alle nicht, dass das Blaulicht auf dem Rettungswagen verlosch, noch bevor er am Ende der Straße um die Ecke bog.

„Hört ihr, ich gehe dann auch", sagte ich leise krächzend zu den Krähen und teilte ihnen im Stillen mit, dass sie keinerlei Rücksicht mehr auf einen Rekonvaleszenten nehmen müssten, dass sie ihre Nester bauen sollten, wie und wo es ihnen gefiel, dass die Vergrämung fürs Erste misslungen sei.

Ich glaubte nicht an die Durchsetzungskraft der anderen aus der Krähenabwehr. Ohne Führung würden sie ihr Ziel nicht erreichen.

Die beiden Vögel verneigten sich aus der Ferne mehrmals stumm vor mir. Es sah aus, als wollten sie mir danken. Oder mich auf den Arm nehmen. Hatten die Krähen nicht nur Gefühle, sondern zudem Humor? Ich fragte mich, wie man überhaupt wissen sollte, was richtige Trauer war, wenn man keinen Humor hatte. Auch Humor erfordert Vertrauen. Das Vertrauen, dass man manchmal sogar auf Missverständnisse bauen kann.

Ich räusperte mich. „Die Fensterdichtungen lasst ihr in Ruhe", rief ich rau und heiser zu den Vögeln hinüber, woraufhin eine Polizeibeamtin, die unter mir vor dem Haustor stand, verblüfft den Kopf hob, um nach dem seltsam kreischenden Vogel zu suchen. Ich zog den Kopf zurück und schloss das Fenster.

Hinter der Wohnungstür setzte ich mich auf den kleinen, aber stabilen Koffer, um auf sie zu warten. Die Polizeibeamtin hatte sicherlich keine Hemmungen, an einem Karfreitag in aller Früh bei sämtlichen Nachbarn, die neugierig am Fenster herumlungerten, zu klingeln und sie zu befragen, ob sie etwas gesehen oder gehört hätten. Etwas Ungewöhnliches, etwas Wichtiges womöglich. Die meisten Nachbarn würden antworten, dass in dieser Straße nichts mehr gewöhnlich sei, seit die Krähen im Baum nisteten und ein Gast, der wie Herr

Höch aussehe, im Haus daneben untergekommen sei. Man wisse nichts über den Mann, außer dass er komisch sei, oft am bodentiefen Fenster hinter den Gittern stehe, dort befremdlich wippe wie ein gefangenes Tier im Zoo und mit den Krähen rede oder mit sich selbst. Dass er etwas mit dem Unfall und der erlegten Krähe zu tun gehabt habe, glaubten sie eher nicht. Aber sei das Jagen mitten in der Stadt nicht streng verboten?

Ich wartete und begann währenddessen abzuwägen, was ich der Polizeibeamtin auf ihre Fragen sagen könnte. Diesmal würde ich vorbereitet sein, wenn es klingelte. Bloß, was könnte ich ihr schon groß erzählen? Ich kannte die Frau mit den rotbraunen Haaren nicht gut genug, würde ich sagen, vom Sehen nur. Eben wie man das Reh und den Fuchs im Wald kennt, den Jagdhund, die alle an einem vorbeistieben, mehr blind als sehend vor lauter Trieb. Ich könnte sagen, dass ich an diesem Morgen ausnahmsweise länger geschlafen hatte, obwohl ich die Ohrenstöpsel nicht drin hatte. Und dass ich hier sowieso nur ein paar Tage zu Besuch sei, auf der Durchreise wie die Zugvögel, ein Durchzügler eben. Dass ich im Unterschied zu den Zugvögeln, die einer seit Generationen festgelegten und erprobten Route zu den immer selben Zielen folgten, gerade kein konkretes Ziel hatte, müsste ich ja nicht hinzufügen. Es gab genug Hotels in der Stadt für solche Fälle.

Ich konnte warten. Was hätte ich sonst tun sollen, während draußen am Gehweg weitergeredet wurde, weil Weiterreden manchmal das Einzige ist, das Halt und Trost gibt. Mitreden könnte ich ohnehin nicht, höchstens krächzen.

Niemand klingelte.

Irgendwann hörte ich im Hausgang den Aufzug mit einem Rasseln stoppen, ich hörte unterschiedliche Schritte und Schuhsohlen auf dem steinernen Boden und bewusst verhaltenes Reden. Ich hörte etwas leise klirren wie von Metall. Die Beamten kamen endlich, und es waren gleich mehrere. Sie kamen nicht, um mich zu befragen, wie man einen Nachbarn befragt. Sie kamen, um mich zu verhören, wie man einen Verdächtigen verhört. Mit Anpirschen und Überraschungseffekt. Damit sich der Verdächtige weder mental vorbereiten noch rechtzeitig fliehen kann.

Ihre Lautlosigkeit beim Anpirschen war der einzige Vorteil, den die Indianer angesichts der übermächtigen Schusswaffen der Weißen hatten. Ich überlegte, ob es für das Spinnenmännchen eine Überraschung ist, nach dem Geschlechtsakt gepackt und gefressen zu werden, oder ob es darauf vorbereitet ist, und wenn ja, warum es sich trotzdem hinreißen lässt. Glaubt es wirklich davonzukommen? Keiner kommt davon. Fressen und gefressen werden. Und weder Absolution noch Auferstehung gibt es für jeden.

Etwas wurde knirschend ins Schloss an der Wohnungstür gesteckt. Ein Dietrich. Wieder klirrte Metall an Metall. Kamen sie mit Handschellen, um mich gleich zu verhaften? Weil ich meinen Beobachtungsposten verlassen und folgenreiche Vorkommnisse nicht rechtzeitig gehört und gesehen hatte? Der Schwarm Schuld setzte sich erneut auf meine Brust. Ich unterdrückte ein Husten und schluckte die Schuld hinunter.

Evas Stimme sagte gedämpft, aber bestimmt: „Was machst du da? Tu diesen Schlüssel weg. Wir wollen ihn überraschen und nicht zu Tode erschrecken."

Etwas wurde aus dem Schloss gezogen und verursachte dabei leicht klirrende Geräusche. Ein Schlüsselbund, nahm ich an.

Georgs Stimme sagte in normaler Lautstärke: „Du machst dir viel zu viele Sorgen um ihn. Das ist im Grunde ein zäher Kerl. War er schon als kleiner Junge. Er ist ein Indianer, ständig auf dem Kriegspfad. Er hat bisher jeden Kampf gewonnen."

Lillys Stimme wisperte: „Meint ihr, er wird sich über das Bäumchen freuen? Er hat mir in letzter Zeit so düstere Bilder geschickt. Lauter Raben. Und eine Platane kann man gut beschneiden. Man muss es nur regelmäßig machen, damit sie nicht zu groß wird im Garten. Die wird mich dann immer an Paris erinnern."

Eva flüsterte: „Pst, leise jetzt! Ich klingle."

Es klingelte an der Wohnungstür.

Als ich mich von dem Koffer im Gang erhob, schwebte eine kleine schwarze Feder zu Boden. Ich schaute in den

Garderobenspiegel. Nicht jeder hat einen Charakterkopf. Eigentlich hatte ich meinen Kopf für völlig kahl gehalten. Da war auch sonst niemand in der Wohnung, von dem die Feder auf dem Boden hätte sein können. Meine Feder also. Die letzte. Ich hob sie auf und steckte sie zurück hinters Ohr, bevor ich nach Hause ging.

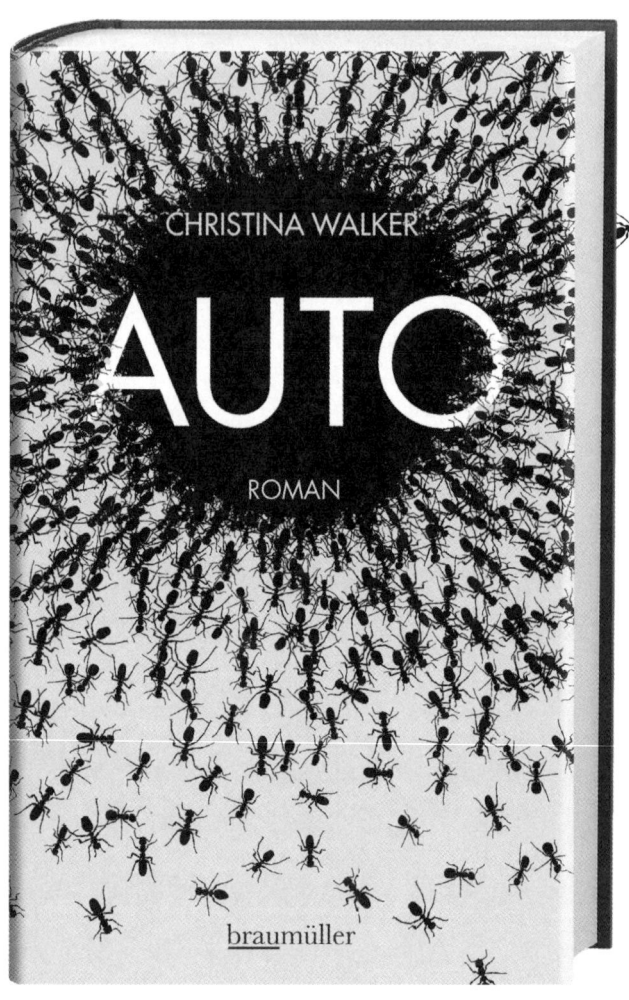

208 Seiten, Hardcover mit Schutzumschlag und Lesebändchen

ISBN 978-3-99200-309-9 (D) **€ 20**

Es gibt Zeiten, in denen man sein Leben radikal entschleunigen muss. Vertreter Busch erträgt das Herumreisen nicht mehr. Er kündigt und zieht in seinen alten Mercedes im Hof, wo er seine Bewegungen auf das Nötigste beschränkt. In der Nachbarschaft polarisiert Buschs Stillstand bald. Und in der eigenen Familie sowieso.

Mit subtilem Humor nimmt *Auto* die Widersprüche einer emsigen Erfolgsgesellschaft aufs Korn. Doch wie schon Oblomow muss Busch feststellen: Auch Nichtstun ist eine Handlung, die Konsequenzen hat.

> *„Das Schöne an dem Buch ist: Walker erklärt nicht, sie erzählt. Tragik und Komik sind fein ausgewogen. Ein reifer Erstling.“* Sebastian Fasthuber, Falter

> *„Auto ist ein literarisches Highlight, eine wunderbare Geschichte in schönen Worten erzählt.“* Elisabeth Hell, Raiffeisenzeitung

Bibliografische Information der Deutschen Nationalbibliothek
Die Deutsche Nationalbibliothek verzeichnet diese Publikation in der
Deutschen Nationalbibliografie; detaillierte bibliografische Daten sind im
Internet über http://dnb.d-nb.de abrufbar.

1. Auflage 2023
© 2023 by Braumüller GmbH
Servitengasse 5, A-1090 Wien
www.braumueller.at

Lektorat: Anita Luttenberger
Coverillustration: © Ines Flattinger, Hintergrund: Shutterstock / © AYDO8
Druck: FINIDR, s.r.o., Lípová 1965, 737 01 Český Těšín
ISBN 978-3-99200-342-6